ダーチャと日本の強制収容所

望月紀子

未來社

札幌、1940年6月。ダーチャ3歳7か月。ユキ11か月。
(写真はすべてダーチャ・マライーニ氏提供)

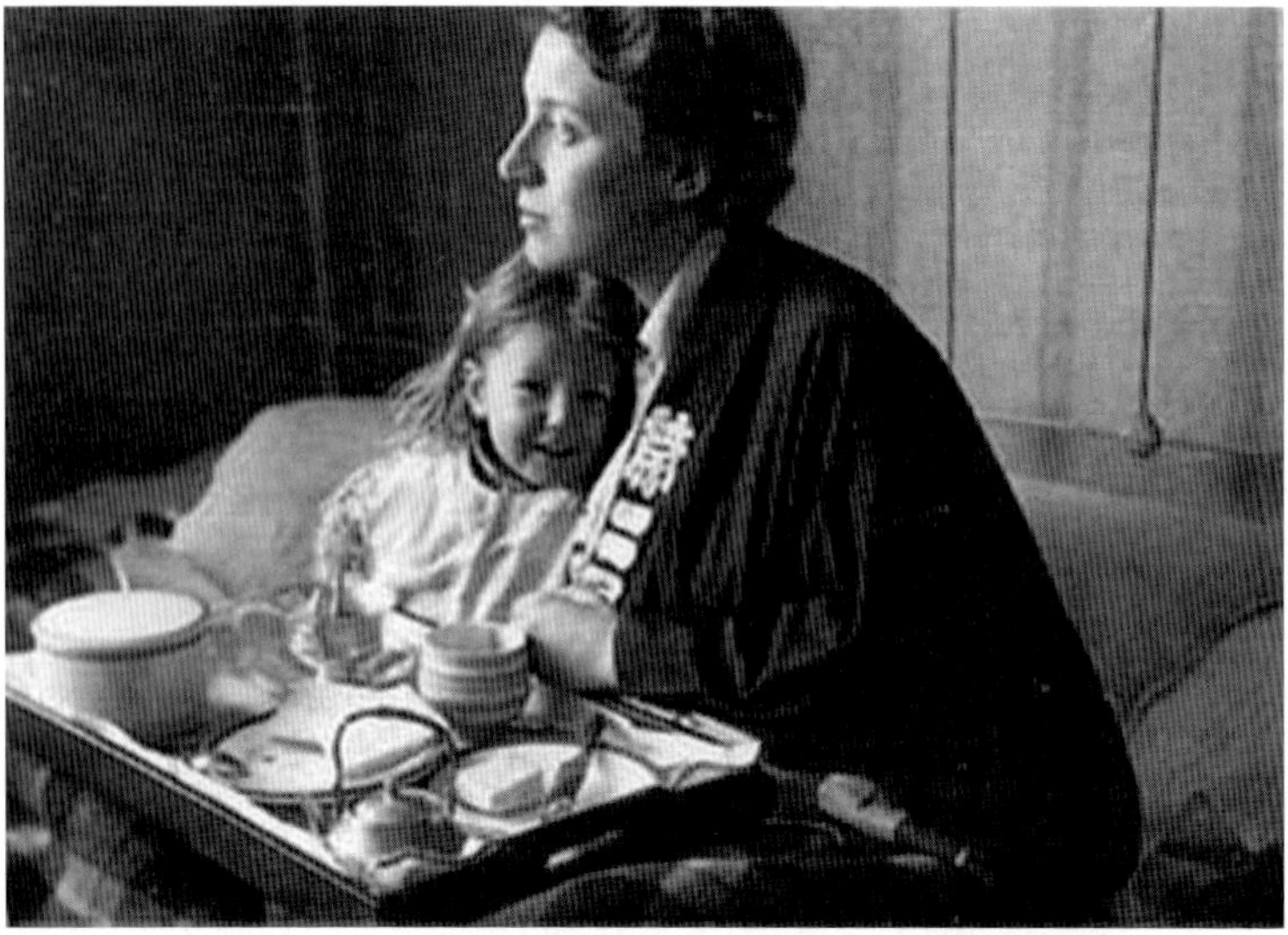

上　札幌、お祭りのハッピ姿のトパーツィアとダーチャ。3歳。

下　札幌、1939年11月10日。

上　名古屋、1945年。ダーチャ9歳、強制収容所の出口で、焼け跡を背に。
下　同、左からダーチャ、トーニ、ユキ。

東京、1945 年。解放直後のマライーニ一家。

ダーチャと日本の強制収容所　目次

装幀——伊勢功治

ダーチャと日本の強制収容所

おお、幼年時代、おお、滑り去ってゆくイメージよ、
何処へ、何処へ、それは行ったのか？

リルケ「幼年時代」（片山敏彦訳）

はじめに

一九三八年一〇月、金髪で青い目のイタリアの小さな女の子が神戸へ向かう船に乗った。

長い歳月が過ぎたある日、父が二冊のノートを差し出した。

「おまえのことが書いてある。おまえがもっているといい」

母が出航の日から書きとめていた日記だった。

それぞれの表紙に、「ダーチャ。一九三八年一〇月三一日――一九三九年六月三〇日」、「トパーツィア、ダーチャ、ユキ、トーニ。一九三九――一九四一」と、小さなラベルが貼ってある。ダーチャは船に乗って日本にきた女の子、トパーツィアはその母親、ユキとトーニは日本で生まれた妹である。

作家となったダーチャ・マライーニは、母の日記のなかの、ほとんど記憶のない小さな旅人としての自分と、その後の多くの旅の記憶とに思いをめぐらせて、『神戸への船』（*Nave per Kobe*, Rizzoli 2001）にまとめた。札幌の家で、祭りのハッピを着た横顔の母の胸にもたれる三歳ぐらいのダーチャの写真が表紙に使われている。

巻末のおよそ八〇ページ分に、「トパーツィア・アッリアータ・マライーニの日本日記」と題して、いまや茶色に変色した母の直筆の日記のかなりの部分をそのまま採録し、父親が撮った写真を一〇〇葉ほど配している。

この本の刊行時には両親は離婚してすでに久しかったが、母の姓に「マライーニ」を残しているのは、日記の執筆時期を考慮したからであろう。のちに述べる、妹トーニの著書では、母の姓から「マライーニ」は消えており、ほぼ同時期に執筆された日記とノートをめぐって、いずれも物書きである二人の娘は微妙に異なる態度を示している。

六五歳の作家は、それらの写真を見ながら、書きはじめる。

過去は、一枚の写真、一通の手紙を介して、だしぬけに襲いかかる力をもっている。それは、もはやないのに、まったく思いもしない鮮烈さと迫力で目に浮かんでくる時間をあなたに語る。あなたの耳に、完全に死んだと思っていたのにじつは記憶のどこかの片隅に眠っていた、いまや消え去ったあなたの一部をささやく。この女の子は私だ、と私はつぶやく、でももう私ではない。あんなにもぷりぷりした、はち切れんばかりの、きれいな肉体を私は永遠に失った。いま、歳月と経験にぼろぼろに傷められた、あまりに多くの戦争をした老兵士のような傷だらけのもうひとつの肉体は、もどかしいほどゆっくり流れる血液をあたためようと、日向にすわる。

私とこの女の子は何かを共有しているのだろうか？

私はもはや彼女とさほど関係がないことを認める。残念ながら彼女は死んだ。私はとてもつらい思いをして成長したので、彼女のことはほとんど遠い敵のように感じる。

私は、彼女の作品を翻訳して紹介してきたことから、二歳から九歳まで日本で暮らし、そのうち二年ほどを敵国人として強制収容所で過ごして終戦を迎えた作家にとって、その体験が彼女の文学にどのように反映しているかを知りたいと思っていた。それは彼女の文学のひとつの大きな核になっているはずだから。

母の日記は四一年で終わっている。それゆえ、母の日記に登場するのは、収容所に入るまえの、札幌や京都での、《ぷりぷりした》肉体をもつ元気な女の子である。その後の《もうひとつの物語》は妹が書いている。作家はこの《もうひとつの物語》を書こうと長年思いながら、ついに書けないままでいる。

本書では、作者が《死んだ》と言う女の子が《もうひとつの物語》を生きて、作家としての第一歩を踏み出すまでの、《つらい思いをして成長した》軌跡をたどりつつ、彼女の第一作の意味を考えることにしたい。

1　ダーチャ・マライーニと父と妹の著書と母のノート

本書では、必要に応じて、ダーチャ・マライーニの作品（多くは未訳）からも引用するが、主軸となるのは『神戸への船』と『帰郷　シチーリアへ』（*Bagheria*, Rizzoli 1993 晶文社、一九九五年）である。また彼女の父と妹にも日本での収容所生活をめぐる著書がある。そして母の未刊の「ノート・ブック」。

父フォスコ・マライーニ（一九一二—二〇〇四年）は民族学者で、アイヌ研究のために日本に留学した。詩人、作家でもあり、また世界的な登山家、写真家としても知られる。

彼の『家、愛、宇宙』（*Case, amori, universi*, Mondadori 1999）は、三人称で語る七〇三ページもの自伝小説で、前半が日本への渡航まで、後半が「日いずる国の日々——北海道」、「日いずる国の日々——京都」、「日いずる国の日々——名古屋」と題する日本滞在記となっており、「名古屋」の項が収容所生活の記録である。

彼が序文で述べているように、ダーチャに原稿の最初の部分を見せたところ、事実を記しているのになぜ一人称にしなかったのかと訊かれた。それに対して彼は、他の登場人物に迷惑がかかる可能性を考慮したのと、三人称で書くほうが自分を自由に、外から見て書けるし、場合によってはからかうこともできるからだという答え方をしている。この返答からもうかがわれるように、彼の記述には、事実を率直にかつ客観的に述べつつも、随所に「からかい」の気分があり、重苦しくなりがちな収容所の体験談にもユーモアが加味されている。私の手元にあるのはモンダドーリ社「ベストセラー・シリーズ」の二〇〇六年版だが、すでに九刷で、まさにベストセラーである。

彼にはすでに英訳本『ミーティング・ウィズ・ジャパン』（*Meeting with Japan*, Hutchinson, London 1960）で世界的によく知られた日本滞在記 *Ore giapponesi*, De Donato 1959（直訳すると、「日本での時間」）があり、近年その邦訳『随筆日本——イタリア人の見た昭和の日本』（松籟社、二〇〇九年）も刊行された。それゆえ、本書では、『家、愛、宇宙』のほうを参考にする。

一九四一年に日本で生まれたトーニ・マライーニは三人姉妹の末娘で、詩人、作家、美術史家であり、四冊の詩集のほかに短篇集や小説、美術評論、マグレブ文化の研究書などの著作がある。

収容所をめぐる彼女の著書は『トパーツィア・アッリアータの芸術と監禁の記録』（*Ricordi d'arte e prigionia di Topazia Alliata*, Sellerio 2003）である。トパーツィアの幼な馴染みで、イタリア・リアリズムを代表する画家レナート・グットゥーゾが描いた彼女の肖像画が表紙を飾っている。イギリス人歴史家で、シチーリア史の泰斗デニス・マック・スミスの序文のあとに、フォスコが『随筆日本——イタリア人の見た昭和の日本』の巻頭に記した一文を掲げている。

私は、トパーツィアが長い収容所生活の悲惨さ、屈辱、飢え、危険に直面しつつも、一九四三年にみずから選択した道を堅固な勇気をもって保持したことを決して忘れまい。

「一九四三年に選択した道」とは、サロー共和国への忠誠宣誓の拒否である。

イタリアは、第二次世界大戦の勃発時には非交戦国宣言をしていたが、四〇年九月に日独伊三国同盟を締結して、翌年一二月の日本の真珠湾攻撃のあと、ドイツとともにアメリカに宣戦布告をした。四三年七月に連合軍がシチーリア島に上陸し、戦火は国内に移された。そして七月二四、二五日、ムッソリーニはファシズム評議会の評決で罷免されて逮捕された。首相に指名されたバドッリオ元帥は、九月三日に連合軍との休戦協定に調印して、八日にそれを公布し、翌九日、政府高官、国王一家とともに南イタリアのプッリア州ブリンディジに逃走して、そこに政権をおいた。

ドイツ軍はただちにナーポリ以北を占領し、幽閉されていたムッソリーニを救出して、一八日に北イタリアのガルダ湖畔のサローに傀儡政府を樹立させた。ムッソリーニは一一月二五日に国名をイタリア社会共和国（通称サロー共和国）とした。

フォスコとトパーツィアがこのサロー共和国への忠誠宣誓の署名を拒否したために敵国人となり、一家は愛知県天白の抑留所におよそ二年間収容されたのである。「みずから選択した」というのは、二人は別々に尋問されて、トパーツィアも自分の判断で署名を拒否したということである。

連合軍との休戦協定とともに、反ファシズムの諸政党が国民解放委員会を結成して、主として北イタリアから、ドイツ占領軍への抵抗とファシズム打倒をかかげたレジスタンス運動が始まり、四五年四月二五日の一斉蜂起まで、多数の犠牲を払いつつ、イタリア国民は果敢に戦って、祖国を解放した。そして翌年六月の政体決定の国民投票で共和制が成立して国王を追放し、イタリアは生まれ変わった。

トーニの著書に「トパーツィア・アッリアータの強制収容所メモ、天白、一九四三年一〇月―一九四四年九月」として収録されているのが、先の二冊の日記とは別の、母が保管していた小さな「ノート・ブック」である。わずか三七ページで、小さな文字でページの両面がびっしり埋められている。食料はもとより、紙も鉛筆も極端に不足するなか、彼女はちびた鉛筆があるかぎり、収容所生活の記録を書いた。トーニは画家としての母を追い、その人間像を描きだす。ほとんどがフォスコの撮影した写真が二〇葉ほど挿入されている。

四三年当時、フォスコが京都大学教師になったので、一家は京都に住んでいた。避暑先の軽井沢にいたところを連行されて、九月九日から自宅軟禁、一〇月二一日に収容所に移送された。母のノートは移送の数日まえから始まって四四年九月五日で終わっており、その後のほぼ一年間の収容所生活と四五年八月三〇日の解放、そして翌年五月の帰国までの記録はない。解放までのほぼ一年間こそ最悪の状態だった。東南海大地震、名古屋の空襲、恒常的な飢えと寒さ、死の恐怖、広島と長崎に落とされた原子爆弾。そして敗戦。この、記録のない期間のことは、トーニの質問に母親が答えるかたちの対話によって、復元されている。

トパーツィア・アッリアータはシチーリアにおける最初の現代画家のひとりで、結婚後、絵を断念したが、日本からの帰国後、ローマで画廊をひらき、前衛的な画家たちの育成につとめた。
マライーニ一家の人たちの著書をいわば蝶番《ちょうつがい》のようにつないでいるのが、トパーツィアのこの未刊の「ノート・ブック」なのである。フォスコについては、『随筆日本――イタリア人の見た昭和の日本』とそれ以前に出版されていた英訳本でも知ることができる。ゆえに本書は、主としてダーチャの前述の二冊とトーニの著書、トパーツィアの日記と「ノート・ブック」をとおして、これまで知られていなかったトパーツィアの人間像を探りつつ、彼女の体験と観察を軸に、一イタリア人一家の戦時下日本への渡航記録と敵国人としての収容所生活、そしてそこを出発点としたであろうダーチャの第一作へと向かうことになるだろう。当然ながら、随所でフォスコの記述も援用する。

なお、「収容所」という用語は、日本の公式記録（内務省警保局編『外事月報』など）では「抑留所」となっているが、マライーニ家の人たち、そして一般にイタリア人の意識にあって、そのように記述している「強制収容所」という用語をふまえて、日本の文書からの引用以外は「強制収容所」もしくは「収容所」とする。

北海道大学の外国人教師と学生が巻き込まれた、国家秘密法による「宮沢レーン事件」については、上田誠吉氏の『ある北大生の受難』（朝日新聞社、一九八七年）と『人間の絆を求めて』（花伝社、一九八八年）に多くを依拠している。フォスコ一家と乳母のモリオカさんの交流については、石戸谷滋氏の『フォスコの愛した日本』（風媒社、一九八九年）も参考にさせていただいた。また両氏ともフォスコの、日本語訳の出る以前の『ミーティング・ウィズ・ジャパン』に多くを依拠していること、そしてフォスコ自身も自著でトパーツィアの「ノート・ブック」から数か所引用していることをつけ加えておく。

2　マライーニ家の人たち

名前

マライーニ一家はじつに個性的な人たちばかりだが、それぞれの名前も通常のイタリア人の名前としては変わっている。

《フォスコ》はとくに珍しい名前ではないが、トスカーナの聖女フォスカに由来するとフォスコ自身がどこかで述べている。この形容詞には「黒い、暗い、陰気な」という意味があり、彼のどこか東洋風の風貌の磊落さからは遠い。

《トパーツィア》は宝石のトパーズ。無神論者の父親が、よくある聖女の名前を避けたのだが、当時のシチーリアではそれだけでは不充分とされて、《マリアンナ》を筆頭に、長々しい一族由来の女性たちの名前を併記された。

《ダーチャ》は、母方のアッリアータ家出身の六世紀の聖人ダーツィオ（ダーチョとも表記）に由来する。『神戸への船』の母親の日記のあるページに、一九四〇年一月一四日付のイタリアの新聞の切り抜きが貼ってあり、それに聖ダーツィオが五五二年からミラーノ司教を務め、この日《異教人に殺されて殉教》と記してある。宝石の名をもらったトパーツィアが、娘の誕生日がこの聖人の祝日でもないのに、その名前をつけているのだ。ただこの名前も不備とされて、《パーオラ》を付記した。また《ダーチャ》はロシア語では別荘を意味し、それが名前の由来だと思っている人もいるが、「それもいい」と本人は言う。

札幌生まれの妹の《ユキ（雪）》はイタリア国籍の赤ん坊としては受理されず、《ルイーザ》と登録された。だが、のちに音楽家となった彼女はずっとユキを名乗った。

京都滞在中に東京で生まれた末娘の《トーニ》は《アントネッラ》の愛称で、日本名は《キク（菊）》だが、両親ももはや徒労でしかない戸籍登録の闘いを放棄して、《アントネッラ》とだけ記入した。本人はずっと《トーニ》を筆名としている。

戦後、痩せ馬の曳く馬車で、シチーリア島バゲリーアの、母親の実家である一八世紀の瀟洒な館に着いたとき、気のいい門番女のインノチェンツァはバゲリーアの強い訛りのままに、大声で叫んで一家を迎えた。

「ボスクだんなさま、ポポパッツィア奥さま、ラーチ嬢ちゃま、チュンカ嬢ちゃま、ントーニ嬢ちゃま、ようこそバゲリーアにいらっしゃいました！」

ダーチャはほかの女の子たちとちがう自分の名前がいやだった。

両親や妹たちのどれもふつうでない名前をはじめ、教会へ行かないこと、幼くしての外国暮らし、収容所の体験、すべてがいやだった。よくあるマリーアという名前で、目の黒い、栗色の髪の毛の女の子でありたかった。日本にいたころは、日本人のようになりたかった。イタリアに帰ってからは、クラスメイトの親たちのように、落ち着いて、毎朝仕事に行って夕方帰る父親、太って安心感を与えてくれる母親が欲しかった。家には、友だちの家とちがって、人形も聖人画もなく、本棚には大衆的な恋愛小説や並べているだけの百科事典もなかった。父は年じゅう家をあけては冒険に出かけ、母は一八歳の女学生のようなメンタリティの持ち主だった。

祖父母

ダーチャの祖父母についても少し述べておこう。

父方の祖父アントーニオ・マライーニはフィレンツェ出身の有名な彫刻家だがファシスト党幹部で、ファシスト全国美術家組合の委員長として党の美術政策を推進し、一九三五年にパリで、三七年にベルリンで、念願のイタリア現代美術の展覧会を開催している。二七年から四二年まで、ヴェネツィア・ビエンナーレの委員長をつとめ、現代美術のほかに映画部門の設立に尽力した。戦後はフィレンツェの美術学校長以外のいっさいの役職を離れて、隠遁に近い生活をした。庭のダリアを丹精こめて育てていた姿が少女のダーチャの目に焼きついている。

ダーチャは一〇歳から三年間、ユキとフィレンツェの寄宿学校に入った。日曜日に、走って祖父の家にもどると、祖父はダリアから目を上げて、孫娘たちの服装や態度を厳しい目で点検した。そして食卓で、ダーチャに言うのだった。「おまえの目はたしかにヨーイ（祖母）の目に似ている。だが、ヨーイは美人だったけれどおまえは美人じゃない」それを聞いて孫娘が顔をしかめると、祖父は追い打ちをかけるように言う。「それにヨーイにはおまえやフォスコのような蒙古斑がない」。

一家のなかでは、フォスコとダーチャ、ユキに蒙古斑があり、アントーニオは「どこから伝わったのやら」と苦々しげに言っていた。

一九六三年に、このかなり偏屈だった祖父が死んだとき、彼のアトリエに遺体が安置されて、ダーチャは医師に部屋を出るようにと言われた。理由をたずねると、注射をするからだという。死んだのにどうして注射をするのかと訊くと、医師は、祖父は棺の中で蘇生するのを恐れて、納棺のまえに注射で確実に死なせるようにと遺言を書いていたのだと答えた。実際に、先祖にそうやって二度死んだ男がいたのだという。重い蓋をのせた石棺の中で息を吹き返すことの恐怖は若い心にもとりつき、彼女は自分を火葬にするようにと遺言を書いているのもこの話と無関係ではないと言う。

祖母ヨーイはイギリス人の父とポーランド人の母からハンガリーで生まれた。ダーチャたちが日本から帰国したときはすでに死んでいた。彼女は世界を軽やかに歩きまわって洒脱でかつ辛口の旅行記を書いた。前夫と三人の子どもを捨てて、遍歴の旅のすえバグダッドまで行き、その後ローマで知りあった一〇歳年下のアントーニオと結婚した。美術批評家のバーナード・ベレンソンの友人で、明の陶器、プルースト、カンディンスキー、ドビュッシーなどを愛する知的な女性だった。なによりも、同時代のヴァージニア・ウルフの思想に共鳴して、自立した女性の自由を擁護し、人種的偏見をするどく批判した。

イタリア人なのにまるでイギリスのいかつい岩でできていて、北方の風に鍛えられたような無口なアントーニオと、イギリス人なのに地中海人のようにしゃれた会話がとくいなヨーイ。おしゃれで洗練されていたが、心の奥底に何か御しがたい野性的なものを秘めていたこの妻を義父は讃嘆と不安をこめて《なんでもしでかす女》と言っていた、とトパーツィアは語る。

ダーチャはこの直接知らない祖母を身内の誰よりも自分にかさねているようなところがある。一九九〇年に著した長篇小説『シチーリアの雅歌』(*La lunga vita di Marianna Ucria*, Rizzoli 晶文社、一九九三年)の主人公のマリアンナが編み上げ靴をはいて旅に出る姿には、この祖母とともに、スニーカーをはいて世界を旅するダーチャその人の姿がある。

母方の祖父エンリーコ・アッリアータはシチーリアのサラパルータ公爵の称号をもつ開明的なディレッタントの自然哲学者だった。現在も出まわっているコルヴォというワインを醸造し、一九三〇年に書いたベジタリアンの料理本は近年も刊行され、『公爵の食卓』という英訳本も出ている。ほかに『クリシュナムルティと近代思想のパイオニアたち』、動物の生体解剖実験に反対するパンフレットなどを出している。由緒ある貴族の家系ながら、戦後、王制か共和制かを問う国民投票で共和制に投票した彼にとって、貴族とは精神の貴族という意味でしかなかった。

トーニは、「身なりも生活態度も話し方も簡素で、絶対自由主義と民主主義の理想に燃え、多くの人に愛された。自分はあらゆる偶像化に反対したにもかかわらず、晩年は聖人と同一視された」と書いている。

公爵は娘のよき理解者で、自由で自立した精神を育んでくれた。当時のシチーリアの貴族の家にはドイツ人やイギリス人の住込みの家庭教師がいて、トパーツィアが一四、五歳だったころの、考古学を勉強していた若くて知的なイギリス女性は、従来の厳しいヴィクトリア朝時代の教育を押しつけず、娘をひとりで外出させるべきときだと父親に進言した。父親はそれに同意したが、彼女が通りを歩きだしたとたんに電話が鳴りつづけ、トパーツィアがひとりで通りを歩いていた、家出したのか、と親戚の者たちが大騒ぎした。

ダーチャは、マフィアの起源にかかわりながら、因習にとらわれて彼らの悪事を放置し、みずからは手を下さずに農地管理人に処刑や拷問、横暴を代行させ、いまや自分たちも彼らに資産を食いつぶされるがままになっている貴族の家系に自分が属することをきらって、長らくシチーリアに足を踏み入れなかった。『帰郷　シチーリアへ』のなかで書いている。

……彼らのことなど知りたくもなかった。わたしには関係のない、赤の他人たちだった。九歳で、飢えて、身ひとつで日本から帰り、身内のようにすぐそばにあった死がまだまぶたの裏に焼きついていたとき、すでに彼らとは永遠に縁切りをした。

彼らのことは耳にするのもいやだった。ヴァルグアルネーラ館。わたしはそこに何年か住みはしたが、それは永遠に失われたものと思っていた。……わたしは、これらの傲慢な領主たちの愚かさを一蹴して、男子相続人のいなかった公爵の長女の夫として自分にも権利のあった伯爵領を拒否した父の側にあった。

アッリアータ家の先祖については、「みなもの静かで温厚で、男女をとわず支配的な性格のひとを結婚相手に選ぶ傾向があり、ついにその尻にしかれて、自分は夢想に逃避する」と書いている。

その後、ダーチャはついに、シチーリアのことを語ろうと決心して、バゲリーアを訪れ、五〇年代に始まったマフィアの乱開発ですっかり俗化した景観、借金まみれの、亡霊のような親族たち、薄汚れた豪華なシャンデリアなどに対面した。

パレルモ出身の一九世紀の民俗学者ジュゼッペ・ピトレは書いている。


ヴァルグァルネーラ館は立ちならぶ館群のなかでもひときわ瀟洒で、王宮さながらだった。主たちは館を騎士や貴婦人、友人、臣下、下僕、小姓などでにぎわう宮廷として、彼らに広い部屋での快適な滞在を、額絵を飾ったいくつもの大広間を、菜園や果樹園、森、テラス庭園、回廊、中庭、噴水、彫像を、さてはひときわうるわしい秀峰であり、至福の憩いの園であるモンタニョーラ山などを芸術的に配置した装飾壁画を提供した……

（『一〇〇年以上前のパレルモの生活』一九四四年、フィレンツェ）


そのヴァルグァルネーラ館もすっかり荒廃していた。祖母ソーニアは死ぬまえになにもかも売ってしまい、アッリアータ家の長子である母には何ひとつ残されなかった。祖母が叔母のひとりと、彼女の死後、館の自分の相続分を叔母にゆずる代わりに、死ぬまで生活費をもつという交換契約を結んでいたのだ。叔母はすべてをイエズス会に残して死んだが、イエズス会はかくも広大で維持費ばかりかさむ館から手を引いた。この叔母が死ぬ少しまえに、作家はかつて住んだ館を訪れたのである。そしてジャスミンやオリーヴ、レモン、風が送ってくる潮の香りにみちた、イタリアにしてイタリアでないこの島での少女時代の記憶につきうごかされて、先の『シチーリアの雅歌』を書いた。

「支配的な結婚相手を選ぶ傾向がある」アッリアータ家の人間のなかでも、とくに祖父はすさまじいチリ女性を選んだ。ソーニアは美貌と美声の持ち主で、パリで声楽を学んだが、大使の父親は娘がオペラ歌手になるのを許さず、彼女はミラーノに奔走し、つれもどしに来た父親の前でヒステリーの発作を起こして床を転げまわった。発作は結婚後も要求貫徹の手段となったが、やさしい夫も妻がオペラ歌手になることは許さなかった。

美男のシチーリア青年と恋に落ちて結婚し、すぐに子どもが生まれたものの、見果てぬ夢を追いつづけて、家庭の枠にはまりきらない妻に、夫はついにワイン醸造や畑仕事に精をだして家をあけるようになった。彼女は社交界でうさん臭い男たちにかこまれ、娘たちに疎まれ、家族のなかで孤立した。一度は男と駆け落ちしたが、もどってきて、そのとき公爵はドアを開けてやった。当時のシチーリアでは考えられないことで、成長した娘たちは寛大すぎると言った。

泣いたことのないチリ女は夫が死んだときも泣かなかった。その後三〇年も生きたが、話せてしかるべきイタリア語をついに話そうとしなかった。娘たちも去った館でひとり、わずかな資産を食いつないで、溺愛したポメラニアン相手に暮らし、護身用にベッド脇に猟銃を置いて寝た。ある夜、遅く帰宅したフォスコがあやうく撃たれかけたこともあった。広大な館で、高価な、しかし薄汚れた過去の遺物にかこまれて暮らす孤独な老女のために、忠実な園丁が毎朝、庭の花を切って部屋に飾ってやったという。

彼女が死んだときはじめて、資産はすべて先の叔母のものになっていたことがわかった。金庫の宝石類はすべて模造品だった。ダーチャの結婚祝いに、彼女は豪華なダイヤモンドのネックレスを送ってよこした。お祝いのことばの最後に「未来の舅と姑にいい顔をして見せたら送り返してちょうだい、私がもっていたいから」とあったので、作家はくれぐれも手抜かりのないようにして送り返した。だがそれも模造品だったことがあとでわかった。

こんな両親から、フォスコは一九一二年、トパーツィアは一三年に生まれた。息子はファシストの父親に、娘は一生、成熟することのなかった野性の母親に反発した。二人はフィレンツェで知りあい、三五年に結婚した。結婚の許可をもらうためにフォスコはフィレンツェからバゲリーアまで、三日がかりで、舗装されていない埃だらけの道をオートバイを飛ばし、庭で仏教の本を読んでいた屈託のない公爵とすぐに意気投合した。貴族の御曹司たちを振り払ってフィレンツェで絵を学んでいた娘は、結婚通知として、海辺でキスする自分たちのヌードの後ろ姿のスケッチをいれたカードを配り、双方の親族の顰蹙《ひんしゅく》を買った。

フォスコはフィレンツェ大学自然科学部で人類学を専攻し、東洋学者ジュゼッペ・トゥッチ教授のチベット遠征に同行した。このときのことを彼は「ぼくを魅了し、すっかり虜にした世界を発見した」と言っている。戦後の四八年の二度目の遠征にも加わり、そのときの経験を五一年に『チベット――そこに秘められたもの』（理論社、一九五八年）という著書にまとめ、それは日本語をふくむ一一か国語に翻訳されている。彼はまた一流の登山家で、札幌滞在中はもとより、イタリア帰国後も、カラコルムのガッシャブルムやイタリア隊が初登頂したグラガラール山などに登っているが、トパーツィアもフォスコとともに三五年にイタリアのドロミーティ山の未踏破のルートを拓いたという公式記録がある。

ファシズムを嫌うフォスコとファシストの父親との確執は根深かった。彼は遠くへ、ファシズムのイタリアから、ファシストの父親からはなれて、遠くへ行きたかった。大学卒業後も就職しようとしなかった息子に業を煮やした父親がある日、息子によかれとファシスト党の党員証を用意し、息子が激怒して父親の目の前でそれを破りすてたのがその後の長い離反を決定づけた。

フォスコは日本の国際学友会の奨学金を獲得した。これは一九三四年に設立された外務省の外郭団体で、その後一〇年間に七二名の各国の留学生に奨学金を貸与しているが、イタリア人はフォスコ一人である。フォスコはこうして、当時ヨーロッパの人類学学会で関心の高かったアイヌの人種的起源の研究のために、彼の言い方では名誉助手、つまり無給の助手として、北海道大学医学部解剖学教室に迎えられることになった。国際学友会側は彼の研究テーマとして日本の伝統文化をつよく推奨したが、彼は屈しなかった。

トパーツィア

黄色の、白ワインのでき具合の判定用語にも用いられる宝石の名をもつ公爵の娘は前衛画家だった。のちにイタリアを代表する画家となったレナート・グットゥーゾと一八歳のとき、いっしょに展覧会を開催した。トーニの著書に、表紙の油彩のほかに、美術学校でデッサンをしているトパーツィアを描いた彼のスケッチが入っている。若い女がヌードを描いていると大スキャンダルになったものだ。トパーツィア自身の絵は四点挿入されている。

彼女の絵は主としてフォーヴィスムである。ファシズムの国粋主義ゆえに文化的に閉ざされていたイタリアからパリやロンドンに母親と旅行し、とくにパリでキュビスムに接して大きな衝撃を受けた。絵を見てもらった有名なコレクターのポール・ギヨームの画廊で、ピカソやモディリアーニ、ルソーなどの絵を見た。ギヨームはトパーツィアをキュビスム風にスケッチした――これもトーニの著書に入っている――あと、パリにとどまって勉強するようにとすすめたが、一八歳のシチーリア娘には許されないことだった。

彼女は反ブルジョワ、反ファシズムの思想を育み、一九三三年、二〇歳のときに、シチーリアの反ファシズムの若い二〇人の画家を集めて「ファシスト組合から自立した展覧会」を開催した。その後、ローマやフィレンツェに移ってからも、フォスコもふくめた反ファシズムの仲間と交流した。イタリア全土にOVRA（反ファシズム監視局）の監視網がはりめぐらされ、入獄や流刑が日常的になっていた。仲間うちの無邪気な会話も密告され、ムッソリーニのものまねをしただけで投獄された。フォスコは汽車の中で弟と母親と英語で話していて尋問された。女中の通報で、留守中に彼らの家が捜索されたこともあった。

こうしていよいよ遠くへ行きたいというフォスコの欲求が強まるなか、トパーツィアは絵を断念した。それについて長らく話したがらなかった母親にトーニは自著での対話で問いつめている。母親はしぶしぶ答える。

絵は自分の歴史の一部であり、断念したことはトラウマにもなった。危機は結婚当初から始まっていた。アトリエをもったものの、落ち着いて仕事ができなかった。集中できなかった。スパイの女中がしょっちゅう、あれこれ口実をつけて入ってきて、制作を中断された。屈辱的だった。毎日が自由獲得の闘いだった。ある日、すべてを放棄した。くわえて政治的状況。そして戦争と日本への旅。絵を描く時間などなかった……。

この歯切れの悪い返答からうかがえるのは、要するに、彼女も多くの女性たちのように、結婚生活と仕事を両立できなかったということだ。夫は結婚してもこれまでどおり勉強した。女中がいて、アトリエもあるという恵まれた状況ではあったが、彼女は仕事のできる環境を整えることができなかったのだ。しかし娘の質問に答えるとき、断念の理由に子育てをあげていない。自分は《要求の多い女》であると言い、多くの要求が満たされないままでの決断をすべてひとりで引き受ける。最大の原因だろうと思われる子育てについてはむしろ、意地でもそれを理由にしたくないという意志すら感じられる。

彼女は遠い未知の国日本へ行くことに新たな生活の活路を求め、夫の決断を喜んだ。それでも、『神戸への船』に掲載されている写真の彫りの深い顔には、シチーリアでの娘時代の、美しさがはち切れんばかりの写真にはない翳りが感じられる。苛酷な収容所生活に入る以前の写真だが、その翳りは、志なかばにして道を絶った女性の心中を語っているようにも見える。

公爵令嬢は、フィレンツェでの結婚式の日、以前フォスコがバゲリーアに走らせたオートバイの後ろに乗って、小さな教会に向かった。そして日本への出航の日、その結婚式に親族としてただひとり参列したヨーイとフォスコはフィレンツェから汽車でブリンディジの港に向かった。トパーツィアとダーチャはバゲリーアの実家を出て、パレルモから汽車で行くことになっていた。だが妻と娘はいっこうに姿を見せず、船に乗り遅れるのではないかと夫が心配しだしたときにあらわれた妻は、ヴァルグヴァルネーラ館の地下室で何年も眠っていたらしい、公爵家の紋章のはいった、豪奢な巨大トランクを運ばせてきた。

船が桟橋を離れ、たがいに小さくなり、ついにすべてが夜の闇に呑まれるまで、フォスコとヨーイは見つめあっていた。これが母と息子の永遠の別れとなった。

3　小さな旅人

アデン―ボンベイ―シンガポール―香港

「一九三八年一〇月三一日。ブリンディジで『コンテ・ヴェルデ号』に乗る。ヨーイ祖母がダーチャに男の子のようなコートをもってきてくれた。よく似合う」

母の一冊目の日記はこう始まる。

一九三六年一一月一三日、フィレンツェを見下ろすフィエーゾレの丘で生まれたダーチャはまだ二歳になっていなかった。父は二六歳、母は二五歳だった。

『神戸への船』の見返しには、母の鉛筆描きの世界地図が印刷されている。日記に挟んであったものだ。呼びなれているせいか、旧名のままでペルシャやシャム、満州、セイロンなどの国名やその他の地名が記されている。長靴半島イタリアの踵に位置するプッリア州のブリンディジから神戸までのほぼ二か月の船旅の停泊地――ポートサイド、アデン、ボンベイ、コロンボ、シンガポール、マニラ、香港、上海――と、神戸、東京、札幌の地名が青い色鉛筆でつながれている。
これからしばらく、トパーツィアの日記の記述にそって、小さな旅人の旅と、作家のその後の多くの旅の記憶と思索を追うことにしよう。

「出発は悲しく、みなくたくた。ダーチャは寝不足のせいで、神経質になり、むずかる」

「一一月一日、二日。まだ肌寒いけれど、時間とともに暖かくなる。ポートサイド――夜――霧雨。フォスコは伝染病をおそれて下船したがらない。私もD〔トパーツィアはこのあとダーチャのことをDと記す。ときにはダチュッツァ、ダチーナなどの愛称も〕を疲れさせたくないので、誰も降りない」

出航からはやくも一週間。ひらいたトランクのにおいが作家の記憶に刻まれた最初のにおいだった。ナフタリンと靴墨、母の衣服の香水のにおい。キャビンにどっしりかまえる、頑丈な木に真鍮の補強をほどこした大型トランクは本のように両開きになり、引出しまでついて、まるで動く洋服ダンスだった。女の子はそのカーテンのうしろに隠れて遊び、ラベンダーのにおいのする母の下着に顔をうずめた。

彼女の作品に共通する特徴のひとつがにおいの記憶である。『帰郷　シチーリアへ』には、むせかえるようなジャスミンやオレンジやレモン、潮の香と海草、馬糞のにおいがみちている。『神戸への船』にも、この母のトランクのにおいを皮切りに、札幌の山小屋風の家の松の木のにおいと朝のコーヒー、オートミールの香り、京都の家の近所の煙っぽい空気と炊きたてのごはんのにおい、収容所の、泣きたいほどいやだった大根のにおいなどがあふれている。

幼くして大型客船のリズムを身体に刻み、潮の香りを吸いこんだ女の子はのちに、スティーヴンソンやメルヴィル、ヴェルヌ、コンラッドなどの海洋物語の熱狂的なファンになる。二〇一一年に著した『ほかの場所の魅力』(*La seduzione dell'altrove*, Rizzoli) というエッセイで作家は書いている。

私は旅をしながら生まれた。私の最初の記憶は旅の記憶だ。荒れた海、水平線の、まるで銀色の蛇がとぐろを巻いているような満月……。

のちに旅は家族の血のなかにあることに気づいた。二〇世紀はじめ、女のひとり旅は狂人か娼婦でもなければしないものと考えられていたころ、家族を捨ててペルシアに行った祖母ヨーイ、その息子で、東洋の遠い国日本を目ざした父フォスコ、チリからシチーリアまでやって来た祖母ソーニア……みな、ここではない、ほかの場所を求めたのだった……。

旅はまた、流れてゆくという意味において物語に似ている。物語は、ひとつの土地、ひとつの家、ひとつの終着点に達しようとする、人間存在の動きという深い核を出発点としているから。旅人は、旅の道程をまずは自分自身に、それから他者に語る。それをあれこれ反芻し、目の前に地図のようにひろげる、自分の経験の地図を。やがて、遠い、見知らぬ土地のベッドで、帰還の郷愁をおぼえる。そしてまた始めるのだ、ひとつの物語が終わるたびに、また新たな物語を。死に向かってゆく長く曲がりくねった物語。

「旅をしながら生まれた」というのは、最初の記憶が旅だったからだ。それは記憶の作家であるダーチャの作家としての確認であると同時に、用意されているであろう「私は旅をしながら死んだ」ということばの予告でもあろう。旅をしては物語を書きつづけ、長く曲がりくねった道を死にむかってゆく。

彼女の旅は、放浪、漂泊、異国趣味などとはほど遠い、多くは目的も予定もある、仕事に結びついた旅だが、帰ってきてはまた出かけ、ひとつの物語を終えてはまた次の物語を書きはじめる彼女の生きかたそのものともいえる。旅から生まれる考察は、旅先での新発見であると同時に、長年その場所に張りつけられてきた価値や評価の読み直しとなっている。そしてそれは、必然的に、歴史上や文学作品のなかの人物像、とくに女性たちのそれをめぐる読み直しへと通じ、そこからまた作品が生まれるのである。

「アデン――下船。Dはフォスコと残る」

ひとりで船をおりた母は何を見たか書いていない。

作家は何年もあとに行った酷暑のアデンを思う。砂漠の真ん中のホテル。夜中に動物の唸り声で目がさめた。カーテンを引くと、ゴミを漁っていたハイエナの群れがいっせいにこちらを見た。だが賢い彼らは追い払われないのがわかると、また食事に専念しだした。遠くで、ハゲタカの群れが分け前の順番を待っていた。

ポール・ニザンの『アデン・アラビア』を読む。

ぼくは二〇歳だった。それがひとの一生でもっとも美しい年齢だなどとはだれにも言わせまい。若者にはすべてが脅威だ、恋愛も、思想も、家族を失うことも、大人のなかに入ることも。世の中での自分の役割を知るのは辛いことだ。（篠田浩一郎訳、晶文社、一九六六年）

このキラキラした冒頭の数行は、最初に読んだとき、すぐに暗記していた。多くの若者がそうであるように、自分の二〇歳がまさにそうだった。いま、ニザンのことばを思い出すと、決まってハイエナがあらわれる。

「ボンベイ――朝五時ごろ到着。一一時までは降りられない。Dは眠っている。彼女をメイドにあずけて、二人で降りる」

両親が外出するとき、女の子はずっと、あまりに愛しあう二人が自分を捨ててどこかへ行ってしまうのではないか、二度と帰ってこないのではないかという思いにとりつかれていた。二人はいつも手をつなぎ、何やら耳元でささやきあって、娘は疎外感を味わった。二人がよく大笑いするのを見て、自分もいっしょに笑おうとしたが、何がおかしいのかわからなくて悲しかった。彼らには自分の知らない秘密があるのだと知ってつらかった。

ボンベイにはのちに、夫であり父であり息子であると作家自身が言うアルベルト・モラーヴィアと生涯の友人のピエル・パーオロ・パゾリーニと行った。真夏で、日中は気温が四五度にもなり、靴の中の足が焼けるように熱くなり、唇がかさかさにひび割れる。外を歩けるのは早朝の五時か夜九時以降だけだ。そのほかの時間は、ホテルの部屋に閉じこもって、薄いマドラス・チェックのシーツを敷いたベッドでフォースターの『インドへの道』を読んで過ごした。

彼はガンジス川が氾濫すると、森まで泥まみれになると書き、次のようにインドの空について記す。

空がすべてを——天候や季節だけでなく、大地が美しくあるべき瞬間まで——支配する。大地が自力でできることはほとんどない——わずかに弱々しい花を咲かせるだけだ。だが空が決意すると、チャンダルナゴールのバザールに栄光が降りそそぎ、神の祝福が通ってゆく。空はこれができる、なぜならば空は強力で広大だから。

（『ほかの場所の魅力』）

この強力で広大な空のもと、死者の火葬を見た。ぼろぼろの服を着た男たちが、骨と皮だけのような死者を籐で編んだ担架に乗せてしずしずと運んできて、それを白麻でくるみ、薪の山の上に置く。骸骨のように細い腕が伸びて、松明で火をつける。まわりで、ござにすわった近親者が祈りを唱える。パチパチという陽気な火の音がはじけ、白檀の香りのする煙が立ちのぼる。こんな、どこにも陰気さのない葬式ははじめてだった。

三人で、名産のマドラス・チェックのシャツを仕立ててもらった。小人の仕立て屋が何やら口が緑色になる薬草を噛みながら生地を裁断した。急ぎの仕立てにもかかわらず、シャツは身体にしっくり馴染み、毎日洗っても色あせない。作家の著書の表紙には、このチェックのシャツを着た写真がよく使われている。

モラーヴィアとパゾリーニにマリーア・カラスも加わったアフリカ旅行のことを思い出す。水道も電気もないユースホステルの一室でいっしょに寝たとき、カラスは、パゾリーニを愛している、彼と結婚したいと打ち明けた。オナシスは野卑でがまんできない、パゾリーニはやさしいから。彼女は愛の力でパゾリーニを同性愛から解放させることができると信じていた。

　母は書いていないが、父はダーチャがボンベイで二歳になったと記している。


「一一月一三日朝、コロンボ。三人で下船して車で見物。私は調子が悪い。Dは《すごく黒い男の子》にとても興味を示し、公園にたくさんいる猿たちに大喜びでナッツをあげる」


　作家は大の動物好きだ。犬や猫のほかに亀やガチョウ、サーカスからもらい下げた老馬を飼った。できるなら、象を一頭、キリンも二、三頭飼いたい。人間よりも無垢な動物たちとはうまくつきあえる。《いいかげん》だが、ベジタリアンだ。皮のバッグやベルトを使うくせにと笑われもした。牛や羊は食べられないが、魚は食べる。それでも料理され、皿にのっている魚を前にすると罪悪感をおぼえてしまう。

　シチーリアの海では水中鉄砲で魚をとって遊んだ。水中で待ち伏せし、一匹の魚に狙いを定め、神経を集中し、発砲する。そのとき狩人の心理を理解した。楽しかった。

　嬉々として水中の魚を追いかけていた少女は、あるとき、しとめた魚を握りしめ、針を抜いて、流れる血を手にうけながら、のたうちまわる魚の最期を見つめていた。丸い目がしだいに光を失っていった。自分のなかの声が「どうして？　どうして？」と執拗にささやいた。当然だが、その魚は料理してもらっても食べられなかった。その日を最後に水中鉄砲をやめた。

　ひとりの少女が目に浮かぶ。戦後のシチーリア。痩せた膝がいつも擦り傷だらけの金髪の少女、作家自身が、きらめく水の中で動いている。男が見つけて、獲物だとつぶやく。彼は少女のあとをつけ、やさしいことばをかけて巣からおびき出す。狙いを定める。魚よりももっとうかつな少女は、その男は家のとても親しい友人だったから、笑顔で近づく。そのとたん、毒矢で射られた。それは彼女を殺しはしなかったが、未来にとってとり返しようもなく傷つけた。その傷跡は二度と消えない。


「シンガポール。また三人で下船。この先シンガポールからマニラの間は少し波が荒い。また気分が悪くなる。Dはずっとボーイたちにあずけっぱなし。みんな彼女をかわいがる」

若い母親はいっときもはやく目的地に着きたいかのように、シンガポールで何を見たか、ひとことも書いていない。

作家は、北京や上海やソウルのように、巨大なセメントの都市と化して、日本車やアメリカ車が走りまわる以前の、狭い道路に人がひしめき、露天商や行商人がけばけばしい商品を道端に並べていたシンガポールの町について母が何も書いていないのは残念だと書いている。船で行きたくても、いまや定期便がなくなってしまい、作家自身はその町を何度も空から眺めただけだが、かつての町のようすは、コンラッドやスティーヴンソン、グリーンなどの本で読んで魅せられていた。そして子どものときに観て夢中になった、エヴァ・ガードナーとフレッド・マクマレイの出た映画。

母親がしばしば体調が悪いと記すのは、船酔いだけでなく、妊娠初期であったことを私たちはのちに知るだろう。

「マニラ—香港。海は大荒れ。私はベッドに寝たきり。フォスコもときどき降伏。ある晩——さらに荒れた——食堂に誰も出ていなかった。Dだけが、平気で大テーブルにひとりすわり、ひまなボーイたち全員にかこまれて、ありとあらゆる《ごちそう》を食べていた。私は甲板からベッドに駆け込みながら、ちらりと彼女を見た」

自分でも信じられないことだ。船酔いもせずに旺盛な食欲をみせていた幼児がやがていつも胃痛をかかえる少女になり、いまではヴェネツィアの水上バスに揺られるだけで吐き気がするのだから。船酔いはのちに身につくもの、成長のひとつの証なのだろうかと自問する。

「香港。とても美しい。何時間か車で見物——いつものようにダチュッツァをつれて。Dの小さな友だちのリロンゴ・タムはここで降りてここで暮らす。とてもいい人たちだった」

後年、作家は彼女の芝居が上演されるオーストラリアへ行く途上、サイクロン直前の香港空港に着き、そのままホテルに缶詰めになったことがある。道路には紙くずやボロ布ばかりか鉄片までが吹き荒れていた。ホテルの窓から、船で暮らす人たちが洗濯物を取り入れているかと思うまに、みるみる海水が襲ってくるのを目撃した。人びとは、裸足のまま、大きな荷物のほかに、羽をばたつかせるニワトリや震えている豚、そして泣きわめく子どもたちを引きつれて、われがちに逃げた。翌日、店のウィンドウは割れ、瓦が飛び散り、車が横転し、道路は泥の海だった。

それでも人びとは古来からの穏やかさと陽気さで町の修復にとりかかり、水上生活者たちはまた甲板に洗濯物を干しはじめた。夕方になると、ふたたび提灯がともり、三輪自転車が走りだし、何トンもの悪臭のする泥が道の両側に寄せられて、商店のシャッターがあけられた。

上海——ユダヤ人と人力車

「一一月二四日、上海。一週間停泊しなければならない。

あちこちからの招待——すること、会う人がたくさん。Dをベビーシッターとホテルに置いていかなくてはならない。とてもきれいで清潔な女性が来た——濃いブルーのパンツをはいて白いエプロンをつけ、つややかなまっ黒の髪をきっちり後ろでゆわえている。たくさんの金歯。黄金色の肌。体臭がつよいが、汚れのせいではなく、不快ではない。Dは彼女と残るのをいやがったが、私たちが部屋を出るとすぐに喜んで彼女と遊びはじめた」

作家は、一週間滞在しただけで「あちこちからの招待」とはどういうことかと問うているが、上海の共同租界にはイタリア人や日本人も多く住んでいたから、そのせいであろう。

甘やかそうなどとは夢にも思わない両親のもとでは、幼くしてみずから状況に順応することを身につけなければならなかった。また母親は、当然のように、家に生まれつき属しているもののように、乳母、女中、養育係などのことばを発して彼女たちを雇い入れるが、娘は、自分でできるのにお金を払って掃除やアイロンがけをしてもらうことに抵抗がある。

「ジャコバンの女みたいなことを言わないで。世界はこんなふうにできているのよ、あなたには変えられない」と母親は言う。反ファシズム、反ブルジョワ思想の持ち主だが、母親には生まれ育った環境の習慣が染みついている。世代から世代への移行とともに、娘はまったく異質の土壌に育った野草となり、母親の階級意識から自由である。

一家が親しくなっていたユダヤ人の未亡人と二〇歳ほどの娘が上海で下船した。ナチスの迫放策と強化しだした迫害を逃れてハンブルクからきた人たちだった。未亡人は話しながらすぐに涙声になった。何年もけんめいにはたらいて手に入れた家を失った、すべてを奪われたと言った。

多くのユダヤ人が乗っていた。自身は完璧なアーリア人だが、ユダヤ人の夫に従って故国を捨ててきた女性もいた。船をおりる彼らの多くは屈強な若者だったが、船底から疲れ切ったようすで出てきた。比較的元気な若者たちが老人や女性たちをいたわっていた。その後のことを考えると、この時点でドイツを脱出できたユダヤ人は、つらい船旅だったろうが、幸いに命の助かった人たちなのである。

フォスコは彼らはどこへ行くのかと問うているが、彼らの行き先は上海ゲットーである。第二次上海事変ののち日本軍の統制下にあった上海の国際共同租界に設置され、上海は入国ビザの必要がなく、一九三九年なかばごろまで、無制限にユダヤ人を受け入れていたのである。三八年、マライーニ一家が出航する以前にすでに最初のユダヤ人が、彼らが乗ってきたのと同じイタリア船籍のコンテ・ヴェルデ号と日本船籍の浅間丸で上海に着いていた。

一家が出航した三八年には、九月にイタリアでも《人種法》が発布されて、ユダヤ人の公職追放、教育界からの排除、財産没収、外国籍ユダヤ人の国外退去などの差別政策がとられだしていた。しかしこの《人種法》の適用については、ハンナ・アーレントが『イェルサレムのアイヒマン』のなかで書いているように、ムッソリーニが、従軍軍人、高級勲章受勲者などの一般対象者のほかに、ファシスト党党員とその両親、祖父母、妻、子、孫までを免除対象としたために、イタリア系ユダヤ人の多くが免除されることになった。やむなくファシスト党員となっていたユダヤ人も多かったのである。またイタリアは、ヨーロッパで唯一のドイツの真の同盟国であったものの、ユダヤ人の《最終的解決策》にとっては、最悪の同盟国だった。ユダヤ人移送計画に対して、デンマークのようにきっぱりと拒絶することはたまにしかなかったが、イタリア人は「口先だけ従順で約束はいくらでもするが、のらりくらりと実行を遅らせる」というサボタージュ行為で同盟国ドイツを苛立たせていたのである。

アーレントはまたこのような態度について、「イタリアは反ユダヤ的措置が一般に嫌われていた数少ない国のひとつであり、イタリアの下級官吏たちは、厳しさを好まず、それはデンマークのような真に政治的意識による、きっぱりしたナチスへの抵抗なのではなく、古い文明国民のすべてにゆきわたったほとんど無意識的な人間味の所産だった」と述べ、その一例として、ローマ在住の八〇〇〇人のユダヤ人の死の収容所への移送計画をあげている。

イタリア当局が不熱心で、イタリア警察も信用できないので、ドイツ警察隊が乗り込んだが、すでに古参のファシストがユダヤ人に警告をして、七〇〇〇人が逃げていたのだ。このようなナチスの《最終解決策》に対するイタリア人の「人間味の所産」によって、イタリア系ユダヤ人の死者はイタリア在住の全ユダヤ人の一〇パーセントをはるかに下まわる数字を示しているのである。

ここでアーレントの「古い文明国民の人間味」という考察を引用したのは、実際にのちのフォスコたちの収容所生活における行動にもそれが見てとれるからである。しかし、イタリアの下級官吏は「きっぱりしたナチスへの抵抗」をしなかったかもしれないが、イタリアの民衆が「きっぱりした政治意識」をもって、生命をかけてナチスに抵抗したことは、歴史が証明している。

日本では、一九三六年一一月に締結された「日独防共協定」による親善事業の一環として、三八年にヒトラー・ユーゲントの一行を迎えている。マライーニ一家の出航のふた月まえのことで、内務省警保局編の『外事月報』は、「八月一六日午前四時、ロルフ・レデッカー以下三〇名のヒトラー・ユーゲントの若者がドイツ汽船グセイゼナウ号で横浜入港」と報じている。一行は、ヒトラー・ユーゲント駐日代表ラインホルト・シュルツを団長に富士山登山や靖国神社参拝などのほかに、東北から九州までの名所をおよそ三か月かけて巡回して、各地で熱狂的な歓迎を受けた。北原白秋は依頼されて熱烈な歓迎歌「万歳ヒトラー・ユーゲント」を作詩している。

『外事月報』の三九年三月分に、「ユダヤ人問題」という項目があり、「欧州より上海に渡来せるユダヤ人総数、二月二一日到着せし八五〇名をあわせて約三一五〇名」とあり、その数は四月末には七〇〇〇名と報告されている。またゾラフ・バルハフティク師の『日本に来たユダヤ難民』(原書房、二〇一四年)によると、一九三九年半ばごろには上海ゲットーに集まったユダヤ人は一万五〇〇〇人ほどだった。

また同『外事月報』によると、三月二七日に大本営に「ユダヤ人問題批判座談会」が設けられ、「ユダヤ人を真に研究することなく排撃するのは慎むべき。それは皇道精神、八紘一宇の精神に反する」と結論づけられている。陸軍や海軍上層部の反ユダヤ的言説が強まるなかで、それを批判する座談会が大本営に設けられ、皇道精神をもって踏みとどまったことにより、軍国主義まっただなかの日本が間接的に多くのユダヤ人の生命を救ったことになる。戦局が厳しくなるにつれ、上海ゲットーでの生活も日に日に厳しくなったものの、ヨーロッパ内のゲットーに収容されたユダヤ人のように、最終的に絶滅収容所へ送られることはなかったから。

また、周知のように、四〇年の七月から八月のあいだに、リトアニア領事代理の杉原千畝氏が、外務省の命令に逆らって、ポーランドなどから逃げこんだユダヤ人に大量の「命のビザ」を発行した。リトアニアから日本に向かったユダヤ人たちはシベリア鉄道と船で敦賀港に着き、横浜からアメリカなどに渡った。日本に到着したユダヤ人はドイツ系のユダヤ人二四九八名、リトアニアから来た人は二一六六名だった。

先の、ポーランド人のバルハフティク師もリトアニア経由で日本に来た一人である。弁護士であり若手のシオニスト指導者だった彼は三九年のヒトラーによるポーランド侵攻とともにワルシャワを脱出して難民となった。八か月間の日本滞在中に同胞ユダヤ人の受け入れとアメリカやパレスチナ、上海などへの移住に奔走し、その過程での日本政府の対応と人道精神に感謝している。こうして日本はヨーロッパからのユダヤ人の中継地になったのだが、四一年六月の独ソ戦の勃発とともにそれは完全に終わった。

先行きに不安をかかえる、見るからに辛い旅をしてきた、多くは貧しい身なりのユダヤ人の姿に、フォスコは専用のキャビンをもつ自分たちを恥じた。そして自分たちも上海で下船し、神戸行きの船を待つために予約した大ホテルにタクシーで向かうときに、また罪悪感をおぼえた。トパーツィアの巨大トランクをタクシーに乗せるのに、四、五人もの中国人の手を要し、ホテルでは中国人の乳母まで待っていたから。

このとき、トパーツィアは自分の大型トランクを運ぶ中国人を当然のように眺め、乳母も当然のように受けいれたのだろう。トパーツィアを批判するわけではないが、その後の二人の記述にも、このような、物事に対する微妙に異なる見方が感じられるのである。

一家は上海に一週間滞在した。彼らは船で知りあった、上海で仕事をしているイタリア人の案内で高級日本レストランに行った。彼に教えられてスキヤキを食べ、サケを飲んだ。そして日本軍による空襲の跡も生々しい、贅沢なレストランやきらびやかな商店と、言語に絶するほどの悲惨さと不潔さが混在し、日本が管理するゲットーのある上海で、日本の土を踏むまえに、洗練された日本文化への期待に胸をふくらませた。

「ときどきDをリキシャでつれだす。彼女は大喜び――絶対に降りようとしない。ホテルと同じように、外でもみなが目を細める。たぶん、金髪で、自立しているからだろう。通りで、私の前をスキップをして歩く。手をつなぐのをいやがり、中国人でいっぱいの大通りに出ると、私は動物の病気をうつされないか、ぶつからないかと心配になる。だからリキシャに逃げ込む――でも少しは歩かなくては！」

二〇〇〇年に、すっかり近代化された中国に行った作家は、ピカピカの銀行や大型スーパー、車の洪水のなかに、はだしやプラスチックのサンダル履きの人間が汗を流して自転車をこぐ、この前近代的な――彼女は、非人間的な、と言いたかったのではないか――乗り物がまだ存在しているのに驚いている。

また先のバルハフティク師は、四一年に、日本からのユダヤ人の移住のために上海に視察に行ったおり、極貧と贅沢が混在するこの国際大都市を象徴するリキシャのクーリーたちの悲惨さを冷徹な目で観察している。

この都市では、人間はまるで虫けら同然であった。三万ほどの《二本脚のけもの》が人力車を引っぱり、市中を走りまわっていた。クーリーの働けるのは平均すれば三年にもみたない、と言われていた。そのうちに力尽きて路上で野たれ死にするのである。でもいつも六万もの予備軍が控えており、人力車の《あき》〔空き〕を待っていた。路上には子どもの死体がころがり、冬には毎日八〇から百人ほどの行き倒れがあった。

(『日本に来たユダヤ難民』)

人力車は日本人が考案してアジア各地に伝わったものだが、ヨーロッパ人――とはいえすべてではない――の目からみれば、人間が人間を乗せて走ることに大きな違和感があり、《虫けら同然》の労働者とふんぞりかえっている客、クーリーを搾取し使い捨てにする資本家という構図でとらえられるのだろう。中国では戦後、人民政府によって人道的見地から廃止されたから、ダーチャが見たリキシャは違法もしくは観光用のものであろう。

「上海—神戸。イギリスの蒸気船コルフ号。コンテ・ヴェルデ号ほど快適でない。食事はひどくまずく、時間を厳守しなくてはならない。私はずっと不調つづき。

Dはいつもひとりで動きまわりたがり、どこでもよじ登ろうとする。最後の甲板の段梯子がお気に入り。ブランコみたいに。疲れるまでのぼっては降りる。手を貸さずに見ていなくてはならない。さもないと猛烈に抗議する」

これまで乗ってきたロイド・サバウド社のコンテ・ヴェルデ号をおりて、彼らの最後の船旅は、やたらに時間にうるさく、食事のまずいイギリス船でだった。あれほど食欲旺盛な小さな旅人も、色も味も香りもわからないほどに茹でた人参やジャガイモやインゲン豆を食べようとしなかった。

ちなみにコンテ・ヴェルデ号は、スコットランドのウィリアム・ビアードモア造船所で一九二二年に竣工された一八七六五トンの大型豪華客船で、その華麗な室内装飾はタイタニック号を凌ぐほどだったという。のちに第二次世界大戦勃発時に日本領海内にいて帰国の途を絶たれ、日本軍に戦時徴用されて日本郵船籍となった。そして浅間丸とともに日米交換船として使用されていたが、二年後の九月八日にイタリアが連合国と休戦条約を結んだとき、イタリア人乗組員は連合国との戦いに加担することを拒否した。上海に停泊していたコンテ・ヴェルデ号をはじめとして、機雷敷設艇レパント号のほかに、自国の海軍艦艇六隻、商船一一隻を沈めたのである。自沈に間に合わずに日本側に接収された艦艇のイタリア人乗組員たちは望まずして連合軍との戦いに向かわされた。

このようなイタリア人の「裏切り行為」は日本政府を激怒させた。その余波はのちに、敵国人として収容所に収容されたフォスコ一家などのイタリア人に対する特高たちの報復的な行為となってあらわれるだろう。

4　日本

神戸

日本に着いた。船旅は終わり、彼らはここから陸路札幌へ向かう。

「一九三八年一二月一日、神戸。半日だけ滞在。午後は、おとなしく休もうとしないDをつれて歩きまわる。こんなめちゃくちゃな生活は小さい子には最悪ではないだろうか。一刻もはやく目的地に着きたい。三人とも疲れて、荷物は気が滅入るほど乱雑」

作家は、戦争の爆撃で破壊されたのち、みごとに復興したものの、一九九五年にふたたび大地震で瓦礫の町と化した神戸に思いを寄せる。はるかな昔に幼い自分が神戸から札幌へむけてこんどは陸の旅をつづけたことを追いながら、彼女は、いつしか身についた、乱雑な荷物をかたわらに、ひとつの場所から次の場所へと移動するノマドの宙ぶらりんの感覚を好ましく懐かしむ。多くの町、多くの家を愛した。そして失った。その連続だった。ひとつの旅からもどるとすぐに次の旅の計画を夢見る習慣はいつまでも失われない。

「ほかの場所の魅力」に惹かれて、人生が旅そのもののように生きてきた作家は、その魅力や楽しみだけではなく、旅にまつわる苦痛についても述べているが、その最たるものは、愛する人もしくは動物を置いてゆかなければならないことだ。彼らに二度と再会できないこともあるだろう。いまも、ビヨンダという小犬は、作家が荷造りをしはじめると、たちまち不安げにあたりをうろうろしだす。

のちに強制収容所に入ることになって京都を去るときにトパーツィアがノートに記した、一九世紀フランスの詩人アロクールの「別れのロンデル」はそのまま、トパーツィアはもとより、旅を生きるダーチャの心境にかさなる。

去ること、それは少し死ぬことだ
愛するものにとって死ぬことだ
人は自分自身を少し置いてゆく
あらゆる時間のなかに、あらゆる場所に

先述のポール・ニザンはアデンに出発するまえに書いている。「人びとがぼくに別れを告げる。ぼくは死人のように立ち去るのだ」

フォスコは神戸がこれまで停泊したすべての港町と異なっているのに衝撃を受ける。下船のまえに甲板に出てあたりを見わたすと、生涯忘れられないような異様な光景を目の当たりにした。埠頭には、それまでの停泊地のような、港町特有の物売りや喧噪、雑多な人種の人びとの往来などがいっさいなく、わずかな人たちとかなりの数の警官の姿ばかりだった。

埠頭の一端を見て、さらに驚いた。彼のこの驚きはまさに先述の人力車に対するヨーロッパ人の違和感に発しているのだろう。若くてたくましい、一様に濃紺の制服を着て、一様に庇のついた帽子をかぶり、さらに一様に真っ白な手袋をした、四〇人以上もの人力車夫が、上海で目撃したであろうように、声を張りあげて客の奪いあいをすることなく、整然と待機していたのである。

人力車夫という、底辺にあるはずの労働者たちが、上海で見たような「虫けら同然の、二本脚のけもの」としてではなく、小ざっぱりした制服に身をかためて整然と客待ちをしているようすは、フォスコにとっては、未知の島どころか、未知の新大陸、新しい宇宙に到達したのだとすら思われるほどの衝撃だった。人間が人間を乗せて曳いて走るという非人道的なシステムを、一様な、こぎれいな外観に押し込めていることに対する衝撃なのであろうか。それに見慣れて、平然と、あるいは屈託なく乗り込む日本人が問われているのである。

東京

「神戸――東京。Dは最初は楽しそうにしていたが、当然ながら飽きてしまい、何をしていいかわからない。手持ちのわずかの玩具にも飽きた――手も顔も脚も汚れ、服も足りない」

神戸から東京へは列車で向かった。帝国ホテルに投宿し、フォスコとトパーツィアはロビーにすわって、この高級ホテルに出入りする、見るからに裕福な家族や企業家たち、軍人たちを観察した。豪華なキモノ姿の女性たちがいつ果てるともしれずにおたがいに、あるいは男性たちにお辞儀をくりかえしていた。子どもたちが走りまわっても、誰も注意しない。フォスコの観察の結果は次のように記されている。

……われわれとは極端に異なるかたちが見てとれる。ここの社会構造には平等性は存在せず、上下関係があるだけだ。さらにこの構造は耐えがたいまでに男性優位であり、軍人がわがもの顔にふるまっている。

この高級すぎるホテルには数日だけ滞在して、文化アパートメントに移った。これは東京都文京区などにあった洋風の設備をそなえた集合住宅のことで、短期滞在の外国人たちもホテル代わりに利用していた。

「多くの人に会わなくてはならない。大使館の誰もが招待してくる。Dを置いてゆけないと断っても、誰もが、つれて来てくれと言うので、Dはすべての食事会に同行した。いっときも私から離れようとしない。旅のせいで神経質になっているのがわかる。彼女の言うことをきかないわけにはいかないけれど、同時に悪い習慣をつけさせないようにするのもむずかしい。ここも寒い。私は風邪をひいた。ダーチャはひかない」

する。

「日本人はみな子どもにやさしい、ダーチャにはとくに——やさしすぎるほど——という気がする。

注目されるのは変な感じだ。人通りの多い銀座はDにとっては戦場だ。スカート（キモノだ！）と草履のあいだをまるで分水嶺のようにかき分けては《カワイイネ！》を浴びる。困惑しているようだ。誰もが私に微笑みかける。まるで二列に並ぶ市民のあいだを通り、笑顔をふりまいて礼を返さなくてはならない王家の人間にでもなったみたい」

作家はこのとき、ぼんやりながら、「ちがい」という感覚を知ったのではないかと思う。ほかの子とちがうのがいやだった。のちに札幌の子たちと遊ぶようになると、自分も麦わらのような金髪でなく黒い髪の毛、モッツァレッラ・チーズのように白くない、オリーヴ色の肌、優雅な曲線をえがくアーモンドのような黒い目、自分のよりもっと鮮明な蒙古斑が欲しかった。

フォスコは東京駅で遭遇した出征兵士の壮行団のようすを書いている。

五、六人の出征兵士を見送る一〇〇名ほどの同年代らしい若者たちが、大きな日の丸を手に、ハチマキをして、軍歌や大学の校歌や行進曲を大声でうたい、「天皇陛下万歳！」と叫んでいた。恐怖を感じなかったと言えば嘘になる。それまで観察した日本人は極端なまでに自制的だったが、この若者たちは明らかに御しがたい暴力に支配されていた。数か月まえに南京虐殺の記事をアメリカやイギリスの雑誌で読んだときは、大げさなプロパガンダだと思ったが、ふと、事実だろうと思った。

帝国ホテルで日本人を観察しながら、フォスコが日本の社会構造について「平等性は存在せず上下関係だけ」と言う根拠は、イタリアには「上下関係はあっても平等性は守られている」という自覚によるのであり、それが日本とイタリアの極端なちがいだということだろう。そして「耐えがたいまでの男性優位」といばりちらす軍人。彼の簡潔な文章は本質をついている。だが「御しがたい暴力に支配されている若者」は祖国ですでに、より直接的な暴力行為として見ていた。それゆえ、「恐怖を感じなかったと言えば嘘になる」と記すのであり、それは自国のファシズムの暴力を逃れてきたはずの日本で垣間見たもうひとつの国のファシズムの暴力性への恐怖なのであろう。

娘のトーニは、父親の著書は日本の軍国主義について、日本を愛するゆえか、曖昧な書き方をしているとやや批判的な言い方をしている。彼女の視点は正鵠をえており、たしかにこの点についてフォスコの記述には曖昧さがただよう。しかし、南京虐殺の記事を読んだときは、まさか日本のファシズムがそれほどの暴力性をもつとは思いもしていなかったが、実際に学生たちのむき出しの暴力性とそれを奨励している日本の精神風土に接して、それに恐怖を感じ、受け入れがたいことながら、それを事実として受け止めたということであろう。

東京には二週間ほど滞在して、ようやく一二月半ばに、寝台車で上野から青森へ、そこから青函連絡船で函館へ、そして最終目的地の札幌へ向かった。

「東京―函館―札幌。長旅で疲れる。その割にDは元気そのもののよう。車内を端から端まで走りたがり、どんな人でも、とくに兵士や士官の前に立ちどまる。

青森から函館への連絡船では四人の士官と同じテーブルで食事をした。Dは全員の膝につぎつぎとのぼり、彼らは彼女を抱きしめたり揺さぶったりし、子どもが人形で遊ぶように笑顔で彼女と遊んだ」

作家は小さい子どもの制服好みをふしぎに思う。大人になってからはむしろ嫌いになったのに、小さかった自分が軍服を好んだとは。おそらく、制服というものが言語の最初の形態だからではないか。鮮明で一貫していて、小さな野蛮人にも理解できる言語だからではないか。

「函館から札幌までは豪華な個室が与えられた――Dにはがぜん快適。広くなったので、のぼったり降りたり、座席に横になったりできる。

食堂車で、奥の席にいた太った男性がDにお菓子とチョコレートを一皿届けさせる。フォスコと私は少々困惑。その少しあとに別の男性が果物とヌガーを届けてよこす。私たちはすっかり当惑したが、Dはまったく自然に、にっこりしてお礼を言って、当然のようにすべてを受け入れた！」

日独伊三国防共協定の友邦イタリアの小さな金髪の女の子に、日本人はどこでも、親たちが困惑するほどにやさしかった。

5　札幌

「一九三八年一二月一五日、札幌。グランド・ホテル。夜の街――電灯が少なく、そのいくつかは色つきで、人影のない雪に反射している――クリスマスの夜のための演出みたい。

　翌朝、Dと外出。みんなが振り返っていつものように《カワイイ、カワイイ》と叫ぶ。人びとは好感がもてる、東京とはちがう。すぐにここの空気が好きになった。Dが驚いたことのひとつが、無数のカラスだ。木から木へとカアカア騒がしく啼きながら重たげに飛び移っていた」

　このときだったのかはっきり覚えてはいないが、作家は小さいときに母親から「カナダのカラス」という古い民話を聞いて、何度もせがんでいた。

「おお、かわいい、かわいい女の子たちよ、こっちに来て、カナダのカラスの話をお聞き……」と始まる残酷な話だ。美しいカラスが猟師のチェッキーノに恋して、彼にまとわりついてはうるさがられていた。彼が銃を撃つことを知りながら、カラスはある日、彼に近づいてゆき、ついにバン！　殺される。なぜかその残酷な話が好きだった少女はのちに、多くの女たちが、自分を殺す男と知りながら、彼を愛してしまい、ドアをあけることを知る。猟師は獲物を見ると、本能的にそれを殺すというのに。

この「カナダのカラス」の話は、彼女の子ども向けの短篇集『羊のドリー』（*La pecora Dolly e altre storie per bambini*, Fabbri 2001）に収録されている。

ようやく目的地に着いた。午後七時四〇分、一二月半ばの札幌はすっかり暗くて寒かっただろう。函館からずっと雪だったが、札幌はその年はとくに大雪だった。フォスコは妊娠初期の妻と途中で二歳になった娘をつれた長旅がつつがなく終わったのはほんとうに幸運だったと述懐している。

『神戸への船』には、この到着時と五日後の新聞の切り抜きが挿入されている。

「北海タイムス」は、札幌駅頭での一家の写真を載せている。分厚いコートに帽子のフォスコと長い毛皮のコートのトパーツィア、そして母に抱かれ、祖母ヨーイにもらったコートを着て、毛糸の帽子をかぶったダーチャ。三人とも重装備で、長旅のせいだろう、固い顔をしている。

新聞の見出しは、「憧れのエルム學園でアイヌ民族研究――マライニ氏、夫人帯同で来札」とあり、記事には「防共の友邦イタリーからはるばる若い民俗学者が来札した。マライニ氏は快活な青年学徒で豪雪の札幌がすっかり気に入り、『すばらしい雪だ。ぼくはスキーを持ってきたのでさっそく山へ行きますよ』と愉快そうに笑った」とある。「防共の友邦イタリー」とは、前年の一一月にイタリアが日独防共協定に加わったからである。

別の新聞の見出しは「日本の文獻を伊太利語に翻譯」とあり、グランド・ホテルのソファーにダーチャを真ん中に三人がくつろいで並んだ写真が入っている。「盟邦イタリーの青年学徒マライニ氏は、『アイヌ民族とその文化をじっくり包括的に研究する心算でやってきた。アイヌに関する日本人の研究はイタリーではほとんど知られていないから、いまから日本語を勉強し、日本人の助けを借りて日本の文献をイタリー語に翻訳し、お土産に持って帰る』と抱負を述べている」と報じている。

この先「友邦」、「盟邦」の国から来た一家は好意的に迎えられて日本を満喫するだろう、「敵国人」となるまでは。

北大の外国人教師と官舎

北大の英語教師ハロルド・レーンと妻のポーリンがすぐにホテルに訪ねてきて、家さがしに奔走してくれた。レーン夫妻はのちに「宮沢レーン事件」として知られる国家機密法の犠牲者となる。この事件についてはのちに述べる。

主にポーリンがかけあってくれて入居できた大学の外国人教師のための官舎は申し分なかった。北大構内の入口近くに四棟並んで建つ木造の山小屋風の二階建てで、洋風の五、六室のほかに和風の浴室、使用人用の部屋まであった。どことなくアメリカかカナダ風の家だが、部屋の真ん中に陣取るペチカだけがロシア風だった。

このペチカが、トパーツィアの、紋章に王冠、組合せイニシャルなどシチーリア貴族の印をちりばめた巨大トランクの最後の奉公の場となった。パレルモからバゲリーアへの馬車の旅、パレルモからパリへの船と汽車の旅をくりかえし、こんどのパレルモから札幌への船と汽車の長旅ですっかり消耗しはてた老体は、ついに解体され、異国の雪の町で、ペチカの火付け役になったのである。

フォスコは、「国際学友会」の留学試験のときに、日本側が伝統文化の研究を勧めたのを断って、アイヌ研究を表明して、札幌まで来たのだった。しかし北大には人類学部がなかったので、医学部解剖学教室教授で、熱心なアイヌ研究者の児玉作左衛門氏のもとでアイヌ研究をすることになっていた。

他の外国人教師官舎には、北大予科のドイツ語教師のビリー・クレンプとヘルマン・ヘッカー、そして英語教師のレーン夫妻の一家が住んでいた。

「二二日に新居に入る。ヘッカーがお菓子と上等のワイン、花とみかんを届けてくれる。レーン夫妻からはお茶碗と茶托。

私たちは困惑。ここの人たちは極端なほど礼儀正しく親切で、びっくりするほど。

こちらからはイタリアのヴェルモットと果物籠――レーン家の小さい女の子たちに玩具を届ける」

日本暮らしの長い外国人たちは日本の習慣に馴染んで、新来のイタリア人を驚かせたが、両親がお返しをしたことを、「立派に贈答社会にデビューした」とダーチャは書く。

食堂車で娘にお菓子を届けてよこした男性をはじめ、日本に着いて移動していたわずかな時間のあいだに、当惑しつつもそれが日本人の習慣なのだと理解したらしい両親は、札幌に来て、外国人にまでそのような贈り物をされて驚くのである。

極端な競争社会で権威主義的な日本では、友好関係を築くため、義理をつくすため、お互いに祝いあうため、攻撃性や競争をやわらげるために贈り物をし、儀式をとりおこなうのだというのが、ダーチャの解釈である。

はるかな昔にヨーロッパでも神や神々の怒りをしずめるために犠牲の供物をささげた習慣があった。犠牲として流される血が多いほど願いがかなえられ、そこから贈り物の習慣が発生したのだが、いまや贈り物は神や神々への畏怖もないままに商業化している。コネ社会であるイタリアでもかなりの物品のやりとりがあると筆者は思うが、それが日常化している日本のほうが彼女にはさらに目につくのだろう。お歳暮やお中元をはじめ、なにかにつけての贈答はゆきすぎでしかないと彼女は言う。

だが、包装のしかたには心底感心し、デパートの店員がすばやく丁寧に、きれいに品物を包むのに見入っていた。そして美しい和菓子とその箱に。


「すばらしいクリスマスツリーを作る。Dは去年も二本もらった（私からと祖母ヨーイから）が、今年のツリーはさらに大きくて大喜び。ただ、すべての飾りつけで遊びたいのか、椅子にのってそれらをツリーからとろうとする」

作家は大人になってからもツリーを飾るのが好きだ。毎年、山の家で、根のついた樅の木を買って、飾りつけをし、終わると庭に植える。プレゼントの包装をするのも好きだ。「日本の店員のように上手ではないけれど、私の包み方はそれなりにしゃれている」と自慢する。プレゼントの中身は、多くは本で、ほかにスリッパ、アカシアやユーカリなどのとてもおいしい蜂蜜などを、心をこめ、時間をかけて包装する。

以後二年ほどを札幌で過ごしたダーチャには札幌の官舎の松の木のにおいが記憶にある。小さな庭には、夏に白い花が咲くニワトコの灌木があり、九月ごろに濃い紫色の実をつけた。一〇月には雪が降りだし、それから五か月、あたりは静寂につつまれる。静寂が破られるのは屋根に積もった雪が道路に落ちるときだけだ。ベッドの中で身体をちぢこまらせて、いつまでも明けそうにない夜の物音を聞いていた。永遠というものをぼんやり考えていたような気がする。日本人の子どもたちが、死んだあと何度も、一〇回でも二〇回でも生まれかわると言ったから。

その繰りかされる再生の話に女の子はすっかり魅せられた。ようやく明け方ごろに眠りに落ちて、数時間後に眠いままに目がさめた。台所からコーヒーとオートミールのにおいがしてくる。このオートミールの習慣は祖母のヨーイがイギリスから持ち込んだもので、それがなければ目覚めはないような感じがした。

このあたりで私たちはひとつのことに気づく。

イタリア人の両親のもと、札幌の洋風の家で、両親の流儀でイタリア式もしくはイギリス式の生活を送るなかで、三歳になろうとする、祖国イタリアの記憶のない女の子は、急激に異国の空気を、においを吸収してゆくのだ。というより、彼女の成長と記憶の糧の源泉は日本なのである。やがて日本人の友だちと交わり、日本人の乳母に育てられて、やわらかな感性に、父や母の知らない日本を育ててゆくだろう。そしてのちに強制収容所に入れられて、札幌の家の松の木のにおいもイギリス式のコーヒーとオートミールの朝食も失ったとき、ぷりぷりした肉体の女の子の時代は終わるのである。

「パパがDに日本人形をプレゼント。

この写真のDはかわいくない、でも人形もかわいくない、と私は思う!」

写真のダーチャは、窓際で、おかっぱ頭の市松人形を抱いている。母の書き方はいつになく皮肉っぽい。父は娘が異国の文化や神話になじむことを望んだが、母は積極的ではなかった。だが父も知らないところで娘は、日本人の友だちや、のちに乳母として雇われたモリオカさんから、日本の童話やこわいお化けの話をたっぷり聞かされた。

モリオカさんは女の子を寝かしつけるために、眠れば大きくなると言った。でもあなたが大きくなるとその分ママが年をとるのよ。衝撃だった。自分が成長すればするほどママが老けてゆく。そんなことは許されない。それを阻止するには眠らないでいるしかない。こうして彼女は眠らない子になり、眠っても眠りは浅く、たぶんそのせいで、大人になって不眠症に悩まされることになった。

「スキーをするときパパかママが手を貸すと、Dは『パパ、あたし、まだすべれないの、これからおぼえないとね』と言って、言い訳をするように嘆く。

つまりは小さすぎるということ。平地を数歩あるくだけ。無理強いはしない。その代わり、橇で引っぱられるのが大好き。楽ちんだから!

零下一五度、二〇度のなか、一一時から一二時半まで彼女を散歩につれだす。

パパはなんとかDにスキーをはいて歩くことを教えようとするが、彼女はそんなことはできるはずがないと思っている。『できないよ、パパ、すべっちゃう！　あたしはまだ小さいのよ！』と言う。でもときどき彼がいないとき、『ママ、さあ、あたしは大きくなったわ、そうでしょう？　スキーをはきたい』と言う」

スキーはいつも苦痛だった。父はスキーを足に固定してくれて、「行け！」と言うだけで滑り方を教えてくれたことはない。だから、直滑降しかできなかった。三〇年後にコースに通ってジグザグをおぼえ、急カーブも転倒せずに曲がれるようになった。だが六〇歳を過ぎて、自転車に乗っていたところを車にひかれて大腿骨を骨折してからは、転んではならないので、ノルディックスキーしかしない。

作家は雪が好きだ。そのにおいも、踏むと、カサコソとかすかに立つ音も好きだ。

南イタリアのアブルッツォの、標高一〇〇〇メートルのペスカッセーロリというところに仕事場がある。パソコンに疲れた目を窓に向けると、まだ落ちていないブナのちぢれた緑色の葉にうっすらと砂糖をまぶしたように雪が降りている。それを見ると、生きていることの静かな喜びを味わう。

「Dはいつも雪を食べたがって、パパに叱られる」

「Dと少し英語で話してみる。すぐにおぼえはじめる。

最初の童話の本を買って、訳して読んでやる。すぐに『ジャック・ホーナー』をおぼえた。ちびっこのジャック・ホーナーが、隅っこのコーナーのところで、クリスマスのパイをかかえて、親指をパイに突っ込んだ。プラムをほじくりだして、やったぞ！　と叫んだ！　Dは『ヴァッタ　グッブルマイ』とくりかえす。それから『ディッコリ　ディッコリ　ドック』などの単語を言う。シャット　ザ　ドア、サム　ウォーター　プリーズ、カム　ヒアなどがわかりだした。ずっと英語だけで話せば、すぐにおぼえるだろう」

母はいかにも満足げだが、作家は打ち明ける。

英語なんかでなく日本語で話したかった。それはお店の人や通りで遊ぶ子どもたちやバスの運転手や乳母や先生のことばだから。遠くて理解できそうもないイタリアのことなどどうでもよかった。ほかのみんなと同じでありたかった、どこからどこまでも日本人でありたかった。だから喜んでキモノを着て、何時間も膝を折ってすわっていられるようになった。

露骨ではないが、日本人形はかわいくないと言って、イタリアのことを話したり、英語を身につけようとさせたりしているらしい母親に反抗して、小さなイタリア人は自分をとりかこむ日本の子どもたちの世界を自分のものにしようとしている。方言を話し、いたずらっ子たちと札幌の街角を走りまわっては、ことば遊びをしていた。

来日したとき、彼女は札幌にいたころ、「バカ」が褒めことばだと友だちに教えられて、しきりにそれを使っていた、あとで悪がきにからかわれたのだとわかったけれど、と言った。また男の子と女の子の性器の呼び方も意図的に逆に教えられて、「ワタシノオチンチン」と言っていた。長じてからも、マライーニ家では大人たちも、女性性器は「オチンチン」、男性のそれは「チンボ」と呼んでいたという。

子どもはこうして親の知らないところで多くのことを身につけてゆく。

「Dはいっときも私から離れず（トイレにまでついてくる！）、私がいっしょでないと眠らず、私は一日じゅう彼女につきっきり。ときどき気が滅入る。でも、そのうちこんな習慣もなおせるだろう。いまはまだ移動つづきだった長旅で神経質になっているのだ」

作家はこの母親と子どもの肉体の離れがたい結びつきに猿の親子の姿をかさねて、やさしい気持ちになる。小さな肉体と大きな肉体の自然な、何ものにも代えがたい抱擁。それでも、母親の胎内から出て間もない小さな肉体にとって、おおいかぶさって自分を守り、愛撫し、育ててくれる山のように大きな肉体は、安心と同時に恐怖も与えることがあるのではないだろうか。小さな子どもはそんな恐怖など知らないのだろうか。

作家はいまでもときどき、疲れたときや苦しいときに、夜の湖に入っている夢をみる。生ぬるい静かな水の中で、湖岸のオレンジ色の灯に安心して目をとじる。目がさめるとすっかり心が安らいでいる。長いあいだその夢の意味がわからなかったが、六〇歳になって、それが母胎に対する無意識のノスタルジアだということがわかった。

子どもは遊びながら多くのことを知る。そして遊びが同時に闘いでもある子どもの世界から母親のもとにもどっては、母親にまとわりつく。夕闇がおりるころになると心細くなり、母親の胎内での記憶を探すのだろう。

「D、学校へ行く！　《帽子をかぶった尼さん》を少し怖がるので、最初のうちはついて行ったが、その後は彼女たちが好きになり、日本の昔話やことばをおぼえた。

午後は昼寝。寝つくまで、まだおしゃぶりを欲しがる、困ったこと！　でもこの小さなわがままを禁じても、ほかの癖がつくだろうから、やめなさいとも言えないでいる。いずれ、徐々にやめさせるようにしよう。

毎日お弁当（卵のサンドイッチとトマト、チーズ、果物）をもっていく。学校では牛乳をコップ一杯もらえる。だが二時に帰宅すると、いつもお腹が空いていて、サカさんがありあわせのものを食べさせる。抗議しても、聞き入れてくれない。そのためにDはときどき消化不良を起こして、夜にマグネシウム入りの牛乳――ほんとうによく効く。翌日はきれいな舌で機嫌よくおめざめ」

トパーツィアが「日本人は子どもにやさしい」と言うのは、「子どもに甘い」ということだ。東京の帝国ホテルで子どもがロビーを走りまわっても誰も叱らなかった。彼女のしつけ方では、夕食前に子どもに食べ物を与えるのは消化不良の原因なのだ。

彼女がここで「学校」と言っているのは、ミッション系の幼稚園のことであろう。

「天気のいいときは、パパとママとDはいっしょに外出。五月一四日は円山公園でお花見をした。先に、桜の木の下の草地で食べたり眠ったりしている何百人もの人たちを見に行った。Dは喜んでなんでも見たがる――お菓子と風ぐるまを買う――それから人混みを避けて、小高い場所で食事。お腹の大きなママは、少々疲れた。Dはサンドイッチが大好き」

「日曜日や休日にはいまはパパとDの二人だけか日本人の友人たちと出かける。Dが疲れると、パパは肩車をしてやる。夕方、Dは頬を真っ赤にし、目をキラキラ輝かせて帰ってくる」

ユキを宿していた母親は二か月もの長旅のあいだは具合が悪いことが多かったが、札幌に着いてからはすっかり元気になった。夫の心配をよそにスキーもしていたが、お腹が目立つようになって、さすがに外出を控えるようになった。父と二人で出かけるようになったころから、生涯の、父に対する「度をこえた」と作家がみずから言う愛が芽生えたのだろう。

母親に対する愛は本能的なもので、しっかりしがみついていれば絶対に安全な大きな岩のようなものだが、つねに冒険に出かけて不在の父親に対する愛は、その不在と不安ゆえにより魅力的だった。父は小さい娘を子ども扱いしなかった。いっしょに散歩しても、母なら、疲れたと言えば抱きあげてくれたが、父に「いつ着くの?」と訊いても「五分で着く」と答えるだけで、この五分は二〇分になり、さらにまた二〇分になり、一日じゅうだったりした。

妹たちは父の血を引いたのか時間に無頓着だが、ダーチャは新兵のように時間厳守で、いつも待たされるほうだ。映画『三人姉妹』の脚本を書いて、マルガレーテ・フォン・トロッタ監督と仕事をしたとき、監督は「あなたはわたしよりドイツ人ね」と、彼女の嫌いなタバコの煙を吹きかけて笑いながら言った。朝九時仕事開始、夜八時終了というダーチャの徹底した時間割に対する抗議だった。

サンドイッチが大好きだった女の子はいまでもよく山の家でサンドイッチを作って、友人たちと森や林を歩く。牛がのんびり草を食み、あちこちに糞を残しているが、草食動物の彼らの糞は臭くない。地上のどの動物よりも穏やかでやさしい目をし、白い肌に半月形の角をもつこの動物が木々や岩のあいだをゆっくり動いているさまは、まさに失われた楽園だ。それなのに、草食動物の彼らが肉食を強いられて、狂牛病という恐ろしい病気が蔓延した。おびただしい数の牛が殺された。動物たちの受難に、作家はしずかに怒る。

「Dは成長して、ほとんど毎日、新しい表現をする。よく小さな顔をひどくまじめにして、ありったけの自己主張をする。強い性格だ――頑固でしつこい――だがたいがいは、じっくり話しあったあとで譲歩する」

「一九三九年、四月一三日。

ママの肖像画。

Dは色紙で遊び、描きなぐるのが大好き。いまは人の顔を描きたいのに描けなくて怒る。でもこの絵はよく描けている！」

二歳半の娘の描いた絵ともいえないなぐり描きを、恥ずかしげもなく、よくできているとは！　と、作家は苦笑する。でも親ばかということばもあるし、とも言って笑う。

妹ユキの誕生とアイヌ部落

「一九三九年七月一〇日。

午前一〇時一〇分、ルイーザ・ユキコ誕生。

体重三・二キロ。

身長五三センチ。

醜い。
髪の毛、濃い金髪。
目は濃いめ（灰色？）で細く長い。
鼻は大きい。
肌の色はくすんでいる。
右の眉毛の下に小さな赤みがかったしみ。
パパとママは男の子でなくてがっかり」

作家は書く。

この露骨な肖像がその後の妹のさまざまな災難の根源に象徴的にあると思われる。パパとママ、とくに男の子が欲しかったパパの失望が女の子の小さな生命に影を落とした。その後ふりそそがれた愛情にもかかわらず、あの最初の失望が生命の家にやや不安な客人のいることを彼女に感じさせたかのように。

六年まえにこの妹を失ったせいか、愛する両親に対して娘はいつになく厳しい。

「翌日、ママは快復。ユキはよくお乳を飲む。Dは彼女を見て大喜び。抱っこしたい、キャラメルをあげたい、家につれて帰りたいと言う」

ユキはあまり笑わない子だった。自分自身に対していつも何か、他人には理解しがたい憎悪を育んでいた。あらゆる病気にかかり、何度も発作を起こした。ギターを弾き、歌手、作曲家として活躍したが、原因不明の難病が徐々に指を歪曲させ、美しかった声を失わせ、五六歳で命を奪った。

「アイヌの古老がルイーザ・ユキにアイヌ式の《洗礼》をしてくれた。

こんなに小さくて、白く、きれいでやわらかなユキが毛むくじゃらの汚い腕に抱かれて……でも感じのいい、立派な男性だ！　ほかの人たちも彼女を抱いて、代わる代わる、《生への参加》を祝ってくれた」

生まれたときに「醜い、肌の色がくすんでいる」と書いたことを母親はすっかり忘れている。

このアイヌ部落は沙流郡平取町の二風谷《にぶたに》で、フォスコは研究のためにたびたび訪れて古老たちと親しくなっていた。彼はここで、イギリス人医師のニール・ゴードン・マンロー博士（一八六三―一九四二年）を知った。博士はインド航路の船医として来日して、横浜のゼネラル・ホスピタルの医師、軽井沢サナトリウムの院長をつとめたあと、はやくから関心のあったアイヌ文化研究のために二風谷に住みつき、研究のかたわら、自宅に診療所をひらいて、無料でアイヌの人たちの治療にあたった。日本人女性と結婚して、一九〇五年には日本に帰化した。

のちに札幌を離れたフォスコは、死の二週間まえの博士からぜひ会いたいという手紙を受けとり、なんとか官憲と交渉して、京都を離れる許可をえて二風谷へ行った。そして二人の大好きなモーツァルトのレコードを聴きながら博士を看取った。

博士の蔵書はフォスコに託され、収集品のほうはフォスコの手をへてスコットランド国立美術館に収められた。フォスコは博士の生き方に共感し、自身もアイヌ人の経済的救済のために運動した。石戸谷滋氏によると、眼病をわずらっていたアイヌ少年に、京都に移ってからもずっと治療費を送りつづけていたという。

白いベビー服のユキが野外でひげの古老の膝におさまっている写真と、アイヌの衣装を着たトパーツィアがアイヌ女性と並んでいる写真がダーチャの本に入っている。

「Dが完全に独力で描いた小さな赤ん坊の絵。《チッチャイ　チッチャイ》からユキちゃんだと言う」

造形的な才能は皆無と言う作家は、元画家の母親が娘の下手な絵のなかに才能を見つけようとするのがおかしくてたまらない。

娘たちの病気

「九月一〇日——ちょうど生後二か月でユキコは自分の手を見るようになり、話しかけられると、《グル》とか《アウル》とか喉から声を出す。

ユキコのへその緒がおかしい——病院へつれてゆく——ナガイ先生とタナグニ先生——小さなおでき。一週間継続して何回か焼灼をしなければならない。

七回目ですっかりきれいになった」

「九月一六日、パトロゲンを一日二回。（《特製の》半円形の小匙で八杯）、残りは私が飲ませる――時間は朝四時三〇分、だいたい八時から八時半、一二時から一時、四時から五時、九時から一〇時。

私は時間にはあまりこだわらない――彼女が目をさましているか、泣くか泣かないかで決める」

母親まで「時間にこだわらない」と言う。一家のなかでダーチャだけが時間に厳密で待たされる側にいるようだ。

「ユキちゃんとママは東京のヤドヤに。三九年一〇月末。ユキはミルクを飲むのが遅く、二五ミリ以下だと満足しない……胃が少しおかしい。ミルクが少ないとはげしく泣く。医師がユキちゃん用に薬を出してくれる」

病弱だった赤ん坊に若い母親がふりまわされているなかで、それまで両親の愛情を独り占めにしていた自分が小さい妹に嫉妬したのではないかとダーチャは考える。だがそれは杞憂だった。母親は「Dはユキをとてもかわいがる――彼女をゆさぶったり、話しかけたり、哺乳瓶をもってやったりする」と書いている。だが妹が生まれたとたんに、その後、執拗に苦しめられる中耳炎にかかった。精神分析家のゲオルグ・グロデックの『エスとの対話』によると、人は自然な嫉妬をその対象からそらすために自分に攻撃をむけるという。自分の中耳炎はそれなのか、子どもの独占欲とは曖昧な愛情の水面下に埋まっている氷山なのだろうかと思う。

「一二月一〇日、東京。

横浜のゼネラル・ホスピタルのステドフェルド先生の手でDの手術。みなで病院に行く――すばらしい――とても清潔――瀟洒な建物――イギリス人、ロシア人、フランス人、日本人の尼さんたちが運営。一二時――最初の注射――何も効果なし。一時に手術室へ。フォスコも私も手術室に入ることを許されない。二時二〇分に担架で戻ってくる――意識はない。黒いものを吐く。意識がないので窒息の危険あり。

〔この先は英語で〕私はほんとうに彼女が死ぬのではないかと思った。器具をつけて呼吸していた――その姿を見て、息の音を確かめるのが怖かった。二時間後に目を覚ました――看護師長が私がそばについているのを許さないので言い争いになる。『完全に意識がありませんから、わかりませんよ』と言う。でもそばに行くと、Dは抱きついてきて叫んだ、『ママ、ママ、ドウシテ　オメメ　マガッテルノ？』麻酔のせいで瞳孔のひろがった目をぐるぐるさせるのがなんとも痛々しい」

トパーツィアは精神的危機に陥ると英語が口をついて出る。イギリス人家庭教師たちによる教育の名残りなのだろう。

作家は、教育を受ける貴族の娘たちよりも、イギリス人やドイツ人の若い家庭教師の女性たちの運命を思う。たいがいは貧しく、専門の学校を出て祖国をはなれ、多くは偏屈な貴族の家庭に住み込む。異国の、しかも《未開の》メンタリティをもつシチーリア貴族の家で暮らし、気むずかしい家族にようやく馴れて、生徒の少女たちに愛情をおぼえるようになったところで、少女たちの結婚とともにその関係は終わる。彼女たちはわずかな荷物をまとめて別の家へ行く。シャーロット・ブロンテの『ジェーン・エア』のように、その家の男性の心をとらえて結婚するのはきわめて稀なことなのだった。

横浜のゼネラル・ホスピタルは一八六七年に創設された日本最初の国際病院である。若い母親は、北大にも病院があったはずなのに、幾度か病気の子どもをつれてはるばる上京し、《ヤドヤ》に泊まっていたようである。

「一九四〇年元旦。

三一日にDが三九・六度の熱！　二時にお医者が来る。右耳の中耳炎。三時にテンチ病院へ。六時に鼓膜穿孔――私は動転してしまう――少し眠らせる。翌日、熱は下がる。夜は私がベッドでいっしょに寝る。フォスコは隣のベッドに。

なんという新年!!　二日にまた高熱――もう一方の耳だ！　すべては最初からやり直し、膿がたくさん出る、熱は下がる。Dはよく眠るが、いっときも私の手を放さない！　治療が痛くて、怖がって泣く。ついに――怖がらせないために――看護師の反対を押し切って――私が治療する。

一月四日。三回目の高熱（扁桃腺）、だがジフテリアの疑いあり。すぐに一回目のジフテリア予防接種――ひどいショック、一日じゅう心配しどおし。

五日、熱が下がりだす――ジフテリアではなかった！　ほっとする。みんなとても親切で、お菓子や花や玩具をもってきてくれる。電話もかけてくれる。

六日、すっかり元気になってベッドに寝ていたがらないので、家につれて帰る。だが八時までベッドに寝かせておき、そのあとも室内だけ。

七日、身体じゅうに発疹――ジフテリア予防接種のせいだ。

九日、膝のほかに関節がみなひどく腫れる――医師は最初はリューマチと診断したが、そこが熱をもっていないので、血清の影響が残っているせいだという（なんとひどい毒！）

十五日、まだ身体じゅうに蕁麻疹（二日もつづいて）――巨大な蚊に刺されたみたい。かわいそうな娘。ほぼ二〇日間、外に出ていない、でも熱はない」

「二月二四日――ユキちゃんが何度かはっきり《パパ》と言った。《ママ》は二回だけ、それもモゴモゴと（生後七か月半）」

そもそも生後七か月半の赤ん坊が愛情の度合いで親を呼ぶことはないのだろうけれど、若い母親はこう書かずにはいられない。

「ユキは一日五回、ヤギの乳＋パトロゲン十グラム＋バターと砂糖で煮たりんご＋肝油1＋みかんジュース＋ときどきパンの皮（少々）食べる。

二六日、ユキは一日じゅうパパ、パパばっかり！

三月九日。ユキ、チャチャ――それからダーチャ、まだはっきりママと言わない」

乳母や家庭教師に育てられ、身勝手な母親に愛情をかけられなかった公爵令嬢はこうして神経質なほど子どもにかかりきりになり、子どもの体調や成長に一喜一憂するのである。

「三月一六日――Dまたもや発熱。三九・六度。扁桃腺が大きく腫れていると先生が言う。切除しなくてはならない。耳がとても痛いと言う――ほとんど夜どおし耳に手をあててやっていなくてはならない。みかんジュースしか受けつけない」
「三月一七日――三九度――これが最高。先生にもらった苦い粉薬（アスピリンの一種）だけで、ほかの治療はいっさいなし。フォスコは留守で、私だけ――すごく腹が立つ。
三月一八日――同じ――卵半分、ミルク少々。
三月一九日――最高体温三八度――みかんとパイナップルのジュース。
三月二〇日――ユキ、三八から三七・六度――卵一個――ビスケット――子ども用の解熱剤ピラミドーネ（イタリア製）を飲ませる。朝起き上がる。
三月二一日――D三七・四度――ユキ三八度。
三月二二日――Dもユキも熱が下がる！　よく寝る――顔色が悪く、痩せた――少ししか食べない。
忍耐と寝不足の日々だった！　それに心痛」

母はダーチャが生まれてから絵を断念した。子育てと絵を両立できなかったのだろうか、と作家は考える。当時の状況を思えば、無理だったろう。現在ですら、暗黙の了解で育児は母親の仕事とされ、女性が「キャリア」ということばを持ちだすだけで断罪されるのだ。娘たちが高熱を出していたとき、仕事だろうが、父親は家をあけていた。男たちは旅をし、世界を見、ほかの女に恋し、意気揚々と帰宅する。世界は変わっていない。

トパーツィアはキャリアを断念したものの、「暗黙の了解」で黙って、ひとりで育児を引き受ける人ではない。彼女は怒る。それでも育児の大半は彼女の仕事だ。はじめて夫への不満をもらす母親を娘は思いやる。

そしてほとんどの母親がそうであっただろうような母の献身的な子育てを思い返しながら、作家は『ボヴァリー夫人』を思う。愛人に会うために子どもを大工の汚い家にあずけるエンマを作者フローベールは冷ややかに描写する。エンマは不貞と借金のために一気に破滅へと向かってゆく。おそらく母親が一種のボヴァリー夫人であったために、トパーツィアはボヴァリー夫人にならなかったのだろう。自分を世界の中心にすえて、平穏に暮らすことのできなかった母親を娘は過度に——と作家は言う——厳しく批判し、自分は、自分に与えられなかった母親の愛情を娘たちに向けたのだ。


「一九四〇年五月三日——ユキちゃん、最初の歯。

五月六日、ユキ、種痘——一二日、発熱——少し下がる——一四日、顔色が悪く、ぐったり」

「一九四〇年七月一〇日。

ユキちゃん、一歳。はじめて女の子らしい服——スカートのついた服——を着たが、家じゅうを得意のハイハイで（グルグル）動けないのでいやがる。

ユキは歌をうたおうとする！　おかしいったらない。こんな小さい子が話す以外のことをしようとするなんて聞いたことがない。いま言えるのは、ター夕、ダーダ、バーバ、チャーチャのほかにイタイ、バ、ウキちゃん」

「一九四〇年六月。Dは隣の部屋で寝るのをいやがる。夜中に起きてママのところに来るので、いまは大きなベッドにママと寝る（そしてパパは隣の部屋に！）ユキはそばのベビーベッドに。ダチュッツァはしょっちゅう耳（右や左）が痛くなり、熱が出たり出なかったり」

作家は幼い自分の耳がうるさい世界の音を拒否したかったのだろうか、それとも遠くから聞こえてくる別の音を聞き取っていたのだろうかと思う。

戦争の足音が近づいていた。

数日後の日記に大文字で「ユキ、はじめてのことば」とある。

「七月五日、ほぼ一歳。ユキ、はじめてひとりで立つ。ことば。タッタ！　オディー。ダーチャちゃん。
七月一四日。オンニチャ（コンニチハ）、アーダ（やーだ）、ババイ（バンザイ、一万年の健康と不死を願うことば）、アバーバ（オバサン、乳母のこと）
七月一六日、ママにキスすることをおぼえる（すぐに忘れた！）
八月末——ひとりでよく歩く。ときどきぐらりとバランスをくずす（おかしい！）転んでも泣かない。

九月一日。サオナラ（さよなら）、イラシャー（いらっしゃい）、食べ物はなんでもパン。オチタ（落ちた）、キタ（来た）、ネエ（ねえ）、ノーというときは頭を横に振って、ナ。ショーダ（ちょうだい）、

一〇月末、アブナ（危ない）、アチー（熱い！）

Dはユキのそばで本を読むのが好き。二人でDの小さなベッドに入って、柵によりかかって楽ちんで、大満足。見ていて、ほんとうにかわいい」

未来の作家は三歳にして読書家だった、字が読めず、逆さまに読んだりしていたけれど。リトル・ニモの空飛ぶベッドを夢みた。嘘をついてはジェッペット爺さんに追いかけられるピノッキオ、そしてマザー・グース。字が読めて、自分で好きな本を読めるようになるまで、何度も何度も母親にせがんで読んでもらった。

お金

「七月一四、一五日。Dは自分のお金（自分のバッグに入れるためにもらった）をもってひとりで市場に行って、キャラメルをひと箱買ってきた。その姿を見たかった！　自覚して物を買うためにはじめて使ったお金」

若い両親は責任感を育てるモンテッソーリ教育法で娘を育てた。

作家はお金のことを考える。高校で級友に相談されたことがあった。

「お金のために男と寝る？」

まじめな子だったが、既婚者とホテルに行き、お金や物をもらっていた。男には彼女と同年ぐらいの娘がいて、その写真を見せた。その後、作家はそれが級友のあいだでかなり蔓延していたことだと知った。「ここにいる自分は自分じゃないと考えればいいのよ」と友人は言った。「でもお金を握っている自分の手を見ると、ひどい屈辱感を味わうの」自分を売った少女はすでにその代償を自覚していたのだ。性の市場価値を知らない彼女にとって大金と思われるお金は、男が手に入れるものの大きさに比べればほんのはした金なのだ。

戦後の貧しさのなかで、作家も貧しい少女時代を過ごした。祖父のマントを縫い直したコートを何度も裏返し、靴も何度も修理した。一〇歳から三年間、ユキとともに過ごしたフィレンツェの寄宿学校で、みながもっている腕時計が欲しくて母にくりかえし頼んだが、家にそれを買うお金はなかった。母は古い小さな四角い目覚まし時計にバンドをつけてクリスマスにプレゼントしてくれたが、重すぎるのと恥ずかしいのとで、腕につけたことはなかった。

両親が何を考えてフィレンツェの寄宿学校に娘たちを送ったのかははっきりしなかったが、おそらく、その後の経済的破綻を予測できないまま、日本で強制的に奪われた教育の空白をおぎなうために、母親が《お嬢さま教育》を望んだのらしい。この寄宿学校は祖父の家から近いという利点があったものの、あとでわかったことだが、ヨーロッパじゅうに知られる名門校で、当然ながら学費がずば抜けて高かった。作家は、自分をふくめた三名の寮生が、全員での食事時に、《学費滞納者》として大声で名前を呼ばれて恥ずかしい思いをしたと述べている。

その後、何が原因なのかわからないまま、父がいなくなり、家じゅうに深刻な不安だけが残った。母が祖父のあとをついだワイン醸造がうまくいかずに借金まみれになったこともあった。母は支払い期限の切れた手形の山をかかえて、ひとりで子どもたちを育てなくてはならなかった。食事が喉を通らないほどだったこともある。そのせいで、作家はぜったいに借金をしない。作家になるまえはあらゆる仕事をし、作家になってからも懸命にはたらいた。

「Dの髪を切る、大人っぽくなった――首と顔のラインがはっきりする。キモノ（少し大きすぎる）姿のDの写真――深紅のキモノに明るい黄色の帯――とてもかわいい。長い髪の最後の写真」

自分の意志で決めたのではないが、髪を切ったことで、子どもっぽい保護願望を失くしたような感じがした。母もはっきり意識しなかったようだが、このときから古来の誘惑の領域から母の手で押し出されたような気がする。女性に髪の毛を見せないことを強要するムスリムを筆頭に、聖職者たちは髪の毛を誘惑の源泉と考えてきた。聖パウロも言っている。「男は神の姿と栄光を映す者ゆえ、頭に物をかぶるべきではない。しかし女は男の栄光を映す者ゆえ頭に力のしるしをかぶるべきだ、長い髪はかぶり物のかわりに女に与えられているのだ」

こうして幼年時代のエピソードを辿りながら、作家は自分の思想、生き方の理論づけをしてゆく。

彼女はその後いちども髪の毛を長くしたことはない。

札幌を去る

「一九四一年三月二四日。Dとママは札幌から東京へ。ユキとパパはあとで（四月五日）オバサンと来ることになっている。

Dはたくさんのイタリア人の子どもを知って興味津々——だがほとんど話さない！　東京に四〇日間いて、もうずいぶんイタリア語をおぼえた!!　誰もがいい子だ、躾がいいと言う。『なんてかわいい子！』実際は日本人に対して彼女はもっと乱暴だ、たぶん慣れているからだろう——でも彼女が何をしても、彼らは笑って、《カワイイ》と言う。ホテルでDは誰とでも親しくなる。すべての軍人たち（将校）や泊り客、ボーイたち、エレベーター・ボーイたちから物をもらう！　不愉快きわまる！」

作家は自分の変貌が不思議でたまらない。物心がつく以前の自分が誰とでも親しくなり、笑顔を振りまいていたことが信じられない。その後の自分はほとんど人と話もできないほど内気で、暗くなっていない映画に入るときも、大人の目が怖くて隅っこに隠れるようにしていたから。いつその変化が生じたのか記憶にない。日本人の子どもたちに乱暴にしていたことも記憶にない。

こうしてどこへ行っても《カワイイ》と言われていた女の子は、二年四か月間過ごした雪の札幌をあとにした。

一家にとって、とくにアイヌ文化を研究し、北海道大学で多くの友人と深い友情を育んでいたフォスコにとっては札幌を去るのはつらいことだった。一家は雪深い札幌を愛し、次女にユキと名前をつけた。札幌を去ったのは、四一年ともなって、戦争のために海外への交通手段がすべて断たれて帰国できなかったのと、日本政府の奨学金の期限がやがて切れて延期される見込みがなく、家族をかかえて路頭に迷いかねなかったところへ、京都大学がネイティヴのイタリア語教師を探し、それを打診されたフォスコが唯一の解決策として受け入れたからである。

京都大学がイタリア語科を開設したのは、日独防共協定にイタリアが加わったことから、国策で急遽日伊文化協定が結ばれたことによるのであり、フォスコにとっては微妙な決断であったかもしれない。このあたりの心境についてフォスコは何も語っていない。実際的側面としては、幸い京都大学の外国人教師の給料は日本人のそれよりも高額で、当時の三〇歳前後の日本人の平均所得の三、四倍ほどであり、さらに出発時には決裂していたフィレンツェの父が外務省や大使館をとおして送金してくれていた。

札幌を去る日、すべての友人たちが駅に見送りに来てくれた。アイヌの友人は遠すぎて来られなかったが、札幌滞在中にフォスコが集めた五〇〇点ほどのアイヌ関係の収集品は一二個の木箱に詰められてすでに京都に送られていた。その後それらの貴重な民族学のコレクションは幸運にも、戦争と長旅に損なわれることなくイタリアに着き、のちにフィレンツェ大学の人類学博物館に収められた。

雪にきらめく札幌周辺のすべての山々に別れを告げた。

これまで見てきたように、札幌までのトパーツィアの日記は、ほぼ育児日記である。自分たちの生活や交友関係、迫ってきていた戦争の空気などにいっさい触れられておらず、なによりも、次に述べる「宮沢レーン事件」の原因となった北大の外国人教師たちとの交友がまったく語られていない。彼女は日本への船旅での停泊地についても、ダーチャがたびたび「母は何を見たか、それについて何も書いていない」と言うように、ほとんど記していない。船上にあっては、はやく目的地へ着きたいと思い、目的地についてからは、子ども二人をかかえた異国での生活の断片を語るだけで、自分のことも、札幌という町のことも、フォスコの人間関係にも触れていない。それとも、何かの意図があって、あえて封じたのであろうか。

「宮沢レーン事件」は札幌でのマライーニ一家と切りはなせない事件である。次に、最初に触れた上田誠吉氏の二著『国家秘密法の爪痕・ある北大生の受難』と『人間の絆を求めて――国家秘密法の周辺』、そしてフォスコの著書にくわしいこの国家秘密法をめぐる事件を簡単に記しておこう。

上田誠吉氏は人権問題に取り組んでいた弁護士で、国家の暴力を告発し、治安維持法、国家秘密法に関する著書が多い。二〇〇九年に亡くなられたが、二〇一三年に特定秘密保護法案が成立したのを機に、一九八八年刊行の『人間の絆を求めて』が同年再刊された。「宮沢レーン事件」そのものについても、近年、あらたに脚光を浴び、新聞紙上などでも目につくようになっているのは、戦時下の人権侵害事件の再発が危惧される切迫した世情を物語っている。

6　宮沢レーン事件

レーン夫妻と外国人教師たち

一九三八年一二月に一家が札幌に着いて、高級すぎるグランド・ホテルに宿泊しながら家捜しをしていたときの救世主が、北大予科の英語教師で、大学の外国人教師官舎に住むレーン夫妻だった。フォスコは書いている。

ハロルドとポーリン夫妻は決まった時間にホテルに来てくれた。二人とも四〇代の、教養のあるアメリカ人で、すぐに好感と信頼を抱かせる稀な人物である。夫人は大柄な金髪女性で、笑顔をたやさず、積極的にテキパキ動いた……夫のほうは背が高く体格がよく、目鼻立ちのととのった、白髪まじりの短髪の男性で、呼び込み屋のようにやたらに笑顔を振りまくものの、他人との関係にはどこかとまどいのようなものが見え隠れし、ひそかに自分の内なる庭園に逃げ込みたいようだった。

ハロルド・レーンはクェーカー教徒で、クェーカー教徒は奴隷を所有したことがない、アメリカ奴隷制度の初期の決然とした敵だった、と胸をはった。アメリカは一九一七年に選抜徴兵制を施行して第一次世界大戦に参戦したが、ハロルドは宗教的信条に従って良心的兵役拒否を貫いた。そして二一年、日本政府の募集に応じて、英語教師として札幌に来た。

ポーリンの父親は宣教師で、一八八六年に来日し、再来日のさいに札幌赴任となった。彼女は京都で生まれた。同志社大学を卒業後、帰国して結婚したが、一女をもうけたあと夫が戦死して、両親のいる札幌にもどり、ハロルドと知りあって、二二年に結婚した。長男は生後一か月もたたずに死んだが、その後、五人の娘に恵まれ、亡夫との娘をくわえて、六人の娘の母親となった。彼女も三七年から北大予科の英語教師となっていた。彼らの家は、子だくさんゆえにぎやかで、率直で実際的なアメリカ開拓者精神にあふれていた。

同じく大学予科のドイツ語教師のヘルマン・ヘッカーは、四〇代の、ベートーヴェンを思わせる風貌の持ち主で、自身はユダヤ人ではないが、ヒトラーを嫌って、故国を捨てて来ていた。本の壁で埋まる彼の家に毎週金曜日に学生たちが集まり、おびただしい数のクラシックのレコードを聴き、議論し、歓談した。フォスコの表現では、彼の《シェーン（美しい）》という発音はまるで花とごちそうにあふれた色とりどりの絹のスカーフのようだった。イタリア語の《ベッロ》のほうはたしかに朗々として、ドリス式の輝きがあるが、彼の《シェーン》にはどこか曖昧で暗示的な、コリント式の美しさがあったという。

上田氏によると、ヘッカー家には来訪者が署名する革表紙のノートが備えられていて、それぞれの署名のかたわらにヘッカー自身がコメントを記す慣わしだった。「宮沢レーン事件」の捜索のさいに、このノートの「北支戦線から帰還」などの記述までが、「機密の探知」とされたらしいという。

もうひとりは、やはり予科のドイツ語教師のクレンプで、学識のある真面目な人物だが、あまり人とつきあわなかった。

マライーニ夫妻、レーン夫妻、ヘッカー、そして小樽高商のフランス語教師の大黒マチルド夫人を中心に、「ラ・ソシエテ・デュ・クール（心の会）」が結成され、これらの教師の家で順繰りに週一回くらいの頻度で集まりをもった。フォスコによると、社会的、人種的なあらゆるかたちの差別を拒否し、各人がみずからのうちに《神聖な精神》をよみがえらせる会だった。警察が目を光らせるようになっていた時節柄、戦争や政治に関する話題はひかえ、メンバーの誰かが好みの話題を提案して話し、そこから質問や議論に発展するというなごやかなものだった。フォスコは、この会で最上の日本人の友人を得、それは生涯つづいた友情となったと述べている。上田氏も述べている。

太平洋戦争を目前に控えた札幌で、アメリカ人、ドイツ人、フランス人、イタリア人、中国人、日本人北大生のあいだに、この尊敬と信頼に結ばれた師友のきずなが存在したことをこのうえもなく大事なことだと考える。日本と中国はすでに戦争をしていた。第二次世界大戦の幕は切って落とされていた。やがてドイツとイタリアは、イギリス、フランスと戦争をはじめた。その時期に、札幌の北大を中心に、短い期間ではあったが、欧米人と中国人、日本人学生の、小さな平和の世界が存在したのである。しかし、特高と憲兵はそのことを許さなかった。

（『ある北大生の受難』）

宮沢弘幸

この会に参加した学生は、中国人留学生とナチスの迫害を逃れて来ていたユダヤ系ドイツ人留学生を含む九人で、その一人が工学部電気工学科所属の宮沢弘幸であった。

宮沢は一九一九年八月、現在の東京都渋谷区代々木に生まれた。幼少時から弟妹とともに英語の個人教授を受け、府立六中（現在の都立新宿高校）卒業後、第一高等学校理科甲類の受験に失敗し、すぐに北大予科工類を受けて合格した。三九年まで、北大予科は他の国立高校とは別に入学試験をしていたのである。中学では、読書好きで快活な、学友の信頼のあつい、文武両道に長けた、皇室崇拝思想の堅固な模範的な生徒だった。大学に入っても、東京を離れて北海道の自然を満喫しつつ、野心と好奇心の旺盛な、高い志をもつ優秀な学生だった。どの写真を見ても、端正な風貌に強い意志を秘めた好青年である。

宮沢はまた語学の才能があり、子どものころに学んだ英語はもとより、北大で、先の外国人教師にそれぞれドイツ語、フランス語、イタリア語を習ったほかに、満州旅行のさいにはロシア語と中国語まで話せるようになっていた。

中学時代から旅行好きだった宮沢はまた、北方少数民族に対する関心が強く、三九年にひと月ほど樺太旅行をして、ウイルタ（オロッコ）、ヤクート、ニブヒ（ギリヤーク）などの北方少数民族を集めた集落、オタスの森を訪れている。またフォスコとの交流によって、さらにアイヌへの関心を強め、フォスコとともに、あるいは単独で、しばしば二風谷をはじめ各地のアイヌ部落を訪れている。そして「北海道は何と美しい地名に充ち充ちてゐるのであろう。アイヌ程詩的な名を己の住む土地に与えた種族は決して多くはあるまい。独、仏、英皆美しい地名を持ってゐる（その点アメリカは何と御粗末な地名ばかりであろう）がそれにもましてアイヌのは美しい」と書き残している。

また一九四〇年には、南満州鉄道株式会社（満鉄）の募集した「大陸一貫鉄道論」の論文審査に応募して選ばれ、全国の一一名の学生の一人として約一か月の満州視察旅行をした。このときの報告書はかなり過激なものであった。移民の現状をつぶさに見て、ソヴィエトの「農業電化の勝利」に学ぶべきだと説く一方で、設備の整った日本人小学校にくらべて、満人小学校が崩れかかった土牢のような建物であるのを見て、アイヌ部落の「陰惨な」家々を想起しつつその差別待遇に憤る。そして「満州国」建国の「理想」は地に堕ちている、「国防的要請」が「建国」の「理想」の実現を妨げているのだと、鋭い指摘をし、電気工学の専門知識をいかして鉄道建設の技術的な不備に対する警告をしている。

このような民族差別と満州国が日本の傀儡であるとの確認は、じつは日本帝国の満州政策の根本的批判に発展する芽を含んでいた、と上田氏は述べている。

逮捕

一九四一年一二月八日、日米開戦のラジオ放送を聞いた宮沢はすぐにレーン家に駆けつけた。そして「戦争は国同士の出来事で、私と先生のあいだの出来事ではありません。先生一家に対する私の信義は変わりませんから、どうか信頼してください。何か困難なことが起こったら、どうか私に教えてください。その解決のために尽力します」とだけ伝えて退去したとき、張り込んでいた特高警察にレーン夫妻とレーン家の女中とともに逮捕された。

特高と憲兵は道路をへだてたある商家の二階の一室から、外国人教師官舎を常時監視し、居住者を尾行していたのである。アメリカ大使館はすでに前年から在留アメリカ人に帰国を勧告し、レーン夫妻は日本人の友人たちからも帰国を勧められていたが、ハロルドの老齢の父親が病気だったことと、大学の契約期間がまだ残っていたこと、それになによりも、「スパイ」の容疑がかかるなどとは思ってもいなかったために、とどまっていた。

上田氏は四一年四月の内務省警保局外事課編集の『防諜参考資料　防諜講演資料』の次の部分を挙げ、その恐ろしさを指摘している。

「我が国内において合法的に事業を営んで居る各種の外国組織網こそ、恐るべきスパイの正体なのである」「宣教師が説教の間に、学校の教師が講義の間に、商人が取引の間に、いかに巧妙且つ猛烈に秘密攻撃をやって居るか、之を知る我等は慄然としているのである」「現在の日本国民は、私共の眼から見れば、防諜を知らざるが故とは言ひ乍ら、殆ど大部分外国スパイの手先であると断言して憚らぬ程度なのである」。

翌九日の「北海タイムス」は前日の宣戦の詔勅を一面トップにかかげ、三面で、「スパイ網一挙に覆滅　きのふ仏暁一斉検挙」という見出しで報じた。同日の「朝日新聞」も「外人スパイ一斉検挙」という見出しを掲げている。ただし検挙された者の名前も容疑もいっさい明かされていない。真相を調べもせずに、警察の発表そのままに国民、外国人を「スパイ」にしたのである。この開戦日の一斉検挙で、全国で一一一名、さらに六二名、翌日の「非常措置」の検挙で、検束者総数は三九六名となり、さらにその数に入っていない在日朝鮮人一二四名まで検挙された。

北海道で、「戦時特別措置」の一環である「外諜容疑者一斉検挙」で逮捕されたのは一〇名である。そのうち七名が軍機保護法、陸軍刑法違反などの理由で起訴され、札幌地方裁判所で有罪判決を受けた。

宮沢は懲役一五年、上告が棄却されて服役。ハロルドは懲役一五年、ポーリンは一二年、二人とも上告を棄却されて服役し、釈放後帰国。ほかの四人のうち、小樽高商教師のアメリカ人ダニエル・マッキンノムは公訴棄却で帰国、残る日本人三人は、北大工学部助手の渡辺勝平が懲役二年、服役、会社員丸山護が懲役二年、服役、無職黒岩喜久雄が懲役二年、執行猶予五年であった。

先述の樺太旅行の途中、宮沢は、北大が夏休みに学生を送り込んでいた「工事隊」で労働奉仕もしている。一審判決理由によると、この樺太旅行が「我が軍事上の秘密の探知」とされ、「同夫妻〔レーン夫妻〕の歓心を購はむが為、同夫妻に漏泄せしむる」とされたのである。この判決理由の冒頭に「被告人は……同夫妻の感化を受け極端な個人自由主義思想及び反戦思想を抱懐するに至り、遂に我が国体に対する疑惑乃至軍備軽視の念を生ずるに至る」とあり、三九年の樺太旅行のほかに、四一年七月、逓信省灯台監視船羅州丸に便乗して、宗谷の灯台に電気通信施設があること、貯蔵施設があることなどの多数の軍機を船員から聞いたりみずから目撃したりして、それをレーン夫妻に漏らしたと記してある。

上田氏のくわしい検証によると、宮沢は判決文に記されたような思想の持ち主ではないし、レーン夫妻の人間的な人柄に影響を受けたとはいえ、それが「国体に対する疑惑」と結びつくものではない。彼には反戦思想などひとかけらもなく、むしろ陸軍には好感をもっていた。風貌が日本人ばなれしているところから、ムッソリーニと綽名されていたが、それを嫌うでもなく、みずからそれを名乗っていた。

フォスコも、著書のなかで宮沢が、東西の古典をよく読む学究肌だが、一方で、勢いを増していた軍国主義の横柄な思想にかぶれやすいところがあったと述べており、一九八六年の「朝日新聞」でも、「アメリカの新聞の南京事件の記事を彼に見せたときも、日本軍がそんな残酷なことをするはずがないととりあわなかった。宮沢はとてもナショナリストだった」と語っている。先の罪状はみな拷問による自白の結果であり、極端な個人自由主義思想うんぬんは事実無根の思想認定なのである。上田氏はさらに述べている。

宮沢の法廷における態度はなかなかに硬骨のものであったことがうかがわれる、彼の言い分は、自分は誰かから頼まれて何かを調べようとしたことはない。秘密を探ったり、漏らしたりしたことはない。自分は国を愛することにおいて誰にも負けない。自分はスパイではないということにあった。戦後釈放された宮沢は妹に、両足首を麻縄で縛られ、逆さに吊るされて殴られた、両手を後ろに縛られて、それに棒を差し込んで痛めつけられたと話した。

宮沢の弁護人は、いつまでも否認していては体がもたないと判断し、認めた方がよい、さもないと殺されると勧め、宮沢もそれに従った。

宮沢逮捕の報に両親が札幌に出かけているあいだに、東京の代々木初台の宮沢家に警官が土足で踏み込んで手荒い捜索をし、横文字の書物やレコードなどをすべて持ち去った。押収をまぬがれた宮沢のアルバムに、マライーニ一家との交流のようすがうかがわれる写真があり、彼がフォスコ夫妻やダーチャについて書いている短歌なども記されている。

はからずも伊太利人を親友にもちて、毎日曜日をスキーに暮せし月もありぬ。
伊太利の青年博士の容貌に屢屢何ら国境を感ぜず。
三時間を雪の吹きしく夜伊太利亜の若き婦人に日本を説きしが。
簡潔はもの足らずという伊夫人の豊穣に我の論圧されむか。
澄みきりし青き瞳にふるさとの、久遠の都の空おもわしむ。
ムッシィと呼ばるる我もふるさとを出ていれば何か異人めきたる。
なつかしげに我が名を呼べるイタリヤの乙女のすがた妹のごと。

東洋風の風貌で蒙古斑があったというフォスコ、縮れっ毛で、日本人ばなれのした顔立ちで、ムッソリーニと呼ばれていた宮沢、そしてギリシア彫刻のような彫りの深いトパーツィア。ダーチャも宮沢を日本人とは思わずに、みなとともにムッシィと呼んでいたようである。三時間もトパーツィアに日本の「簡潔」という美点を説いたらしい宮沢は、彼女自身の「豊穣さ」と彼女の説く「豊穣」に圧倒されかけたようで、彼女の一歩もゆずらぬ性格がうかがわれると同時に、先のヘッカーのドイツ語の発音を評したフォスコのドリス式とコリント式の対比を彷彿とさせて、この雪の夜の議論のようすは一幅の絵のようである。

戦後の宮沢との再会についてはのちに述べることにして、われらが「イタリヤの乙女」にもどることにしよう。

7　京都

「Dはもう京都弁（フィレンツェ語のように気息音が多い）を話しだす。この家の唯一の欠点は《トナリ》、つまり汚らしくてしつけの悪い五人の子持ちの隣家で、Dはいつもその子たちと遊びたがる。日本の習慣では彼女を家にとどめておくのはむずかしい。その子たちはこの家にも来る」

歯に衣着せぬトパーツィアの迷惑そうな書き方では、京都飛鳥井町の家の周辺は庶民的な界隈だったらしく、作家は隣家の子たちと何をして遊んだかまではおぼえていないが、ツンと鼻をつく煙っぽい空気は記憶にある。ときどき誰か母親が窓から顔を出して、ミエコちゃん、ジュンイチローちゃんなどと呼ぶと、すぐにばたばたとゾウリの音がする。犬が吠える。ダイコンの煮ものや炊きたてのごはんのにおいがした。自分も、鼻をたらして走りまわる子たちと同じ日本人だと思っていた。

彼らの家はレンガ造りの立派な洋館で、使用人用の二つの和室まであり、日本に慣れてくるにつれてなにかと不満を口にするようになっていたトパーツィアも、《トナリ》は別として、大いに満足だった。石戸谷滋氏の『フォスコの愛した日本』によると、実際に二人の使用人のほかに、のちには乳母兼家庭教師兼秘書のモリオカさんとその夫までが住み込んでいた。先に述べたように、フォスコの収入はかなりであったものの、妻とのちに三人になる娘に三人の使用人をかかえているうえに、書籍の購入費が多く、信頼されて家計の管理を任せられていたモリオカさんは、家計簿の点検のさいにトパーツィアに訊かれると、「あのとき、お香を買ったでしょ」などと、フォスコと口裏をあわせていたという。

フォスコは服装に無頓着で、パーティなどでもその辺のものを着て出かけようとしてトパーツィアに抗議されるが、トパーツィアは贅沢好みだった。フォスコの書籍代、トパーツィアの洋服代でよく喧嘩したという。石戸谷氏は、モリオカさんの話として、フォスコのヒューマンなエピソードを語っている。

あるとき、モリオカさんを伴って大学からの帰りに、フォスコは靴磨きの男に靴を磨かせた。男は外国人に日本語はわからないと思って、隣りの同業者に涙声で、子どもが病気で死にかかっているのに薬を買う金もないと話していた。靴を磨きおえ、歩いていたフォスコは急に立ち止まると、モリオカさんに一〇円手渡して、あの男にあげてくださいと言った。一〇円はモリオカさんの給料の四分の一に相当する大金だった。家計をあずかるモリオカさんが、「今、ちょっと苦しいんですよ」と言っても、フォスコはきかなかった。

桜と紅葉

「一九四一年四月五日。一家全員が京都にそろう。有名な桜の満開に間にあって到着。評判どおり。みなで神道の神殿、平安神宮に行く」

このとき花見の群衆にもまれながら、四歳のダーチャは、子どもたちが色とりどりのキモノを着て、それぞれのママに手をひかれているのを見て、自分のほかにたくさんの、知らない自分がいる、はじめて、みなちがうと感じたような気がしたという。自分に似ているけれどもちがうその子たちは誰なのだろう。彼らはどこへ行くのだろう、何を考えているのだろう。

またそのときたぶん、父と母が勢いを増していたナチズムと、迫っていた戦争のことを話していたのを耳にした。のちに、六歳になろうとしていた彼女に父が言った。

「おぼえておきなさい、人種なんてないんだよ。あるのは異なる文化で、人種じゃない」

ヨーロッパ全体に人種差別の嵐が吹き荒れていた時期であり、父はそれにきっぱりと反対して、多くの人たちに非難された。

先のバルハフティク師の『日本に来たユダヤ人難民』の訳者滝川義人氏の「あとがき」によると、この年の四月二〇日付の「東京日日新聞」は、四〇年五月にドイツ系ユダヤ人の第一陣が来日したと報じている。戦前戦中の日本でも、反ユダヤ論者の陸軍将校や海軍将校らがユダヤ人を貶めるための偽書『シオン長老の議定書』を下書きにして、ユダヤの陰謀や世界支配をさかんに説いていた。反ユダヤ的内容の本や論文が四一年に約七〇点、四二年には一一〇点も刊行されていたという。人種問題に敏感だったフォスコは、上海で下船したユダヤ人を見て、専用のキャビンをもち、豪華なホテルに乳母つきで宿泊した自分たちに罪悪感をおぼえたと述べているように、一部の日本人の反ユダヤの風潮とヨーロッパのユダヤ人の運命に胸を痛めていたはずだ。しかし、一般の日本人には概して親切にしてもらったと語るユダヤ人が多いと滝川氏は述べている。

作家は、日本人の死生観を考えつつ、このときの花見について記す。

かすんでゆく記憶の闇のなかを探りながら、何かことばにしようとするが、ことばは思い浮かばない。桜を見たという具体的な記憶はたしかにいまでもあるのに、その記憶はのびやかに膨らむかと思うと、ときにはすっかり力なく消えたように思われる。ヴィトゲンシュタインが言うように、名前のないところには事物も存在しないということなのだろうか?

記憶のなかにあるものをことばにしようとするがことばにならない。ことばにならなければ、作家としては、記憶のなかのことは存在しないということなのだろうか。彼女のこのことばとともに、私は、彼女が来日した折りに、収容所生活についての《もうひとつの物語》を書けないでいる、と言ったことを考える。

記憶とは鮮烈でもあり、不確かで曖昧でもある。しかも裏切ることもある。その裏切りは意識的でもあり、無意識的でもある。そして記憶自体はたしかにあるものの、ことばにならないという意味での不確実性がつきまとう。記憶にはいろいろの名前がみちていて、それらは何かが起こったことをわたしたちに保証する。だが何が起こったのか？　それらの名前をつなぐものは何なのか？

写真は、こういうことがあった、こういうことが起こったと断定的に告げる。父親とはいえ他者の撮った写真がだしぬけに記憶の断片を、まるでそれが決定的であるかのようにつきつけてきた。写真のもつこの横暴さにはなにかうさん臭いものがある。さらに彼女は思いもかけなかった母親の日記まで手わたされた。こちらはことばによる記録だ。それは写真以上に絶対的な確実性で、いまや自分とは無縁の、なにかあまりにも充足しているような、かつて存在した自分をかいまみさせる。それらの写真と文字の記録を前にして「その女の子は死んだ」という作家のことばは重い。

そして紅葉。黄褐色から深紅色に変わってゆき、ひらひらと舞う薄い葉。

大人になって、来日した折に観た能の舞台で一本の老木が自分の過去を語る場面があった。たしか紅葉の木で、色が変わる瞬間にことばを取りもどして、英知にあふれた声で旅人に語りかけるのだった。京都にいたころに観たいくつかの能の舞台でも、子ども心にもっとも強く印象づけられたのが、死者が自然に舞台を動きまわっていることだった。のちに読んだ世阿弥のテキストは、演劇とは死者を呼びもどすためにもあるということを劇作家でもある彼女に教えた。日本の文化では死者は恐ろしいものではない。カトリックの伝統のように、死者は石棺に閉じ込めておく敵ではない。喉に嚙みつく犬のような歯をもっているのではなく、友人のような姿であらわれ、満月の夜に生者と語りあう。

彼女が七〇年代から舞台にのせた多くの戯曲には、能の影響を反映して、死者たちが舞台に登場して語るものが多い。その一例が初期の戯曲『マニフェスト』で、南イタリアの反逆児の少女アンナが舞台で自分の波乱にみちた生を語るが、彼女は死んでいるのである。

青色のスカーフ

「ママはときどき姉妹をマチニ（町に）つれていく。目的は、ダリモニ〔大丸？〕デパート、玩具。ユキはぜったいに自分の欲しいものを決められない。Dは何も欲しがらない！（まったく興味がない）いつもなにか、見たことのない、わくわくするようなとても新しいものを探すくせに、最後には色鉛筆一本とか色物のハンカチ、なんの役にも立たないセルロイドの玩具などを買ってくれと言う。そしてアイスクリーム——それからバスで帰宅——二人とも疲れて、でも満足している」

作家はいまも色鉛筆とハンカチに目がない。そしてありとあらゆる物を見てまわったあとで、買うのはいつも綿や絹の、できれば、「自分の癒しの色」と言う青いスカーフなどの布だ。

最初に会ったときからずっと彼女は、多くは青色のスカーフを首に巻いていた。それが彼女のトレードマークだと言われていた。ショートヘアの金髪と青い目によくうつって、美しかった。あるとき、『メアリー・ステュアート』の上演のさいだったと思うが、新宿の街を歩いていたとき、そのときしていたスカーフをほめると、「もう放せなくて。首筋が寒いし、皺が目立つから」と言った。

トパーツィアは京都に魅了された。ヨーロッパが暗黒の中世にあった（彼女の世代はこう教えられていた）ころ、日本で『源氏物語』や『枕草子』という大傑作が女性の手で生まれていたことに驚く。札幌では、夫は研究や登山に没頭していたが、彼女は、それなりの友人との交際はあったものの、小さな子どもをかかえた生活に物足りなさをおぼえていたようだ。平安の都で、ついに学ぶべきこと、発見すべきことが見つかり、はじめて日本古来の文化に満たされたのである。到着してひと月もすると、家の近くの銀閣寺で茶の湯を習いはじめ、生け花やお香の教室に通い、ウェーリーの英訳で『源氏物語』や『枕草子』を読んだ。

ある日、平等院へ行ったとき、宇治駅で日本人の少女がトパーツィアに「オクニハドチラデスカ」とたずねた。イタリアだと答えると、パッと顔を輝かせて、「アア、ニチドクイデスネ！」と叫んだ。残念ながら、とフォスコは言う、そのころはまちがった理由で――同じファシズムの同胞として――、一般の日本人のあいだでもイタリアは人気があった。彼らの出身国を知ると、腕を高く上げて、「ムッソリーニカッカ、バンザイ」とローマ式敬礼をする人たちもいた。二人は故国のイタリア人が強要されたファシズムのシンボルをもうひとつのファシズムの国の国民のあいだに見たのだ。だが、故国の人たちが多数の犠牲のうえに勝ちとったレジスタンスの勝利の感激に、もうひとつの国で接することはなかった。

「銀閣寺のすばらしい庭園でママがお茶会に参加しているあいだ、娘たちはキッチンで会の緑茶を飲む――それから裸足で苔の上を走りまわる。一日じゅうでもそうしていたいようだ」トパーツィアは、キモノを着て、日本人のお祭りやさまざまな行事にも出かけた。娘はイタリア語よりもはるかによく日本語―京都弁を話した。

ダーチャの日本語とイタリア語

「Dがときどきイタリア語を話す！　日本語のシンタックスで話すので、おかしくてたまらない」

日本語にはない名詞や形容詞の性をまちがえたり無視したり、語順がでたらめだったりして、母親を笑わせるのである。この言語の二重性はたしかに自分の表現力の不確実性を増大させたと作家は言う。長じて、内気な、人前で話すことの苦手な少女は、イタリア語でも話すよりも書くことのほうが楽だった。目の前にいる人間は、どんなに親しく、どんなに感じのよい人でもことばを封じさせた。逆に、電車の座席にすわって、学校のノートを破った紙にでも、何かを書いていられると、ずっと自由に感じた。

いくつかの困難をへたあとに、作家にとってイタリア語が自分の言語になった。彼女は自分がコンラッドが好きなのは、ポーランド生まれの彼が書く小説の英語が、選びとり、苦労して自分のものとした言語で、たぶんそれゆえに彼の作品が傷跡や埋もれた掟や罪悪感、継続的な実験の試みなどにみちて、それが魅惑的なのだろうと述べている。

コンテ・ヴェルデ号の、大人たちが船酔いで誰も出てこない食堂で、ひとりボーイたちに囲まれてありとあらゆる《ごちそう》を食べていた女の子。食堂車で、自分の席にお菓子を届けさせた日本人ににっこり笑ってお礼を言っていた女の子。連絡船の中で軍人たちの膝に代わる代わる乗って母に顔をしかめさせた女の子は、京都で、日本語を自在に話し、近所の子たちと遊んでは喧嘩をし、彼らのことばで言い返していた。

「パパは東京へ――夕方ママとDは人のいない通りに散歩に出て、少しばかり涼んだ。かわいいD！　なんでも知りたがり、やがて生まれる、いまはママの大きなお腹のなかにいる子どものことを知りたがる」

三人目の子、トーニが宿っていた。

「Dはすぐに近所の探検に行きたがった。子どもたちは彼女をからかってから、生きているオニンギョサン（人形）のメズラシイ出現に恐れをなしたかのように逃げた。ところがDはしょんぼりするどころか、さかんに日本語のフレーズを叫びかえして彼らを追いかけ、それが功を奏した。二〇分後、全員（一〇から一五人！）が彼女のまわりに集まり、一時間後には庭や道路、トナリの狭い庭で追いかけっこをしていた。いまでは彼女は一時に学校から帰るとすぐにコートを脱いで、トモダチの家に駆けつけるという日本の習慣を身につけた。夕方暗くなってから引き上げてくる――すっかり汚れて、お腹を空かし、ぐっすり眠る――いまは私たちの隣の部屋の大きなベッドでひとりで寝る、ユキちゃんのベビーベッドをそばにして。二人とも六時には目をさまして、私はがっかり。オバサンが七時に来るので、私はまた少し寝なおす」

「嵐山。Dは『遠くへ、遠くへイタリー　ノ　ホウ　マデ』歩きたがった。彼女が八歳くらいの男の子に言った。『去年、あたし、死んだの』（いったい何を言いたかったのだろう？）すると彼が答えた。『ちがうよ、バカ、去年、おまえが生まれたんだ』」

さらに「おもしろい台詞」というのがある。

「D。（日本語で）ママはイタリア語や英語やフランス語はよく話せるけれど、日本語はとっても変よ――どう言ったらいいか、あたしに訊かなくちゃ！

彼女のお誕生会のあと、彼女にどの男の子がいちばん気に入ったかとたずねた。ラディという答え。理由は彼は相撲がすきだから。（私たちは最初は彼らが闘っているあいだに本気の取っ組みあいにならないかとハラハラした」

「四一年二月。『ママ、イタリーにあまりたくさんの物をもって帰ってはだめよ。そうしないと船が重くなっちゃって、どんどん下へ沈んで、みんな溺れてしまう。それからもしもユキちゃんが動いたら、あたし、ネエサンだから、とめてあげる。そうしないと海に落ちて死んでしまうでしょ。おぼえておいてね、わかった？』」

父に「恋した」

「八月三日。パパはよくダチーナを泳ぎにつれてゆく——自転車につけた小さな椅子にすわらせて。Dは大喜び。Dはパパと同じでアブナイことが大好き」

少女はアブナイことが好きだった。妹たちや日本人の友だちと、誰が、走ってくる車のぎりぎりの直前に横切るかを競って遊んだ。運転手は急ブレーキをかけ、目をむいて怒鳴った。イタリアに帰ってからは、ペダルに足がとどかず、ブレーキがちゃんと機能しない父親の自転車で急な坂道を急降下しては、何度も転んでけがをした。海から突き出ている岩に波がぶつかる瞬間に頭から飛び込んだ。一瞬まちがえれば、命とりだ。さくらんぼやサボテンの実をとるためにどんどん高い木にのぼった。

冒険心を育んでくれた父に、彼女は「恋した」。父は海の怪人トリートーンであり、窓から飛んでゆくピーターパンだった。

「パパ、いつ帰るの?」

「すぐ帰るよ、ダチーナ、すぐに」

だがこの「すぐに」は永遠だった。女の子はいつまでも待った。

「パパとダーチャはよくいっしょに遊ぶ」

父は快適さに安住することを嫌い、つねに危険をはらんだ冒険に出かけた。ときには小さい娘もその仲間だった。それがどんなにうれしく仕合わせな時間だったことか。

作家は、父は自分を恵まれなかった男の子代わりにしていたのではないかと思う。女の子であることを斟酌せずに危険な冒険につれだした。娘は父を失望させないためになんでもやった。どんなに疲れても歯をくいしばって高い木に登った。何キロも足を引きずることなく歩き、泳げないのに冷たい川に飛び込んだ。父は飛び込め、泳げ！　と言うだけだった。私はただ溺れないためにだけ泳ぎをおぼえた、と彼女は言う。むろん、水を飲んだら父が助けにきてくれると信じていた。それが父のやりかただった。凍てつく厳寒の山道を六時間も歩いて高熱を出し、唇は紫色、足は凍傷寸前となって帰宅したことがあった。このとき母は夫に平手打ちをくわえた。

また娘が父の生命を救ったこともあった。札幌にいた一九四〇年一月、北大山岳部の一行とペテガリ岳登山をしたときのことだ。早朝出発の予定だったが、ダーチャが熱にうなされているのを見て、フォスコは一日遅れで仲間に合流することにした。ところが先に出発した仲間は雪崩に巻き込まれて、八名全員が死亡した。

フォスコはこの大惨事に胸を痛め、原因のひとつである重装備の改善策を研究した。テントの代わりにエスキモー式の雪小屋イグルーでの露営を思いついて、古い文献を調べ、宮沢弘幸とともに、札幌郊外の手稲山での実験に成功する。三月一二日付「北海タイムス」は「冬の大雪山処女峰オプタテシケ縦走計画。マライーニ君敢然挑戦」という見出しで、二人の快挙を報じた。北大山岳部は三年後にイグルーを使って、ペテガリ登頂に成功して、仲間の霊を慰めた。

娘は、リュックサックに小さなリンゴとシュタイク・アイゼン、ロープ、双眼鏡、そして一冊の本を詰めて出かけるピーターパンの父に恋し、追いかけ、帰りを待った。心のどこかで、彼が自分の子どもで、お腹に閉じこめておけたらいいのにと思っていた。そうすれば、自分の想像の及ばないどこか遠いところへ出かけてゆくのを見送って、待ってばかりいなくてもよいだろうから。

自分のお腹にとどめおきたかった父への、名づけようのない愛をこめて、彼女は最初の詩集(『屋外での残酷さ』*Crudeltà all'aria aperta*, Feltrinelli 1966)を父に捧げた。

戦争の足音と末の妹の誕生

ヨーロッパでは戦争が勃発して多くの血が流されていたが、遠く離れた京都の家にはその暴力はまだとどいておらず、一家は生まれくる子どもを待ちながら、平穏に暮らしていた。

「九月七日から一七日。パパとママは東京。子どもたちは京都に残る。東京からしょっちゅう電話。ユキが電話で、モッチ、モッチ、オイデ、ネと言う。ダーチャは、いい子でいるから、お土産もってきてね!」

「ユキが夜中に高熱――息をするのもやっと。ジフテリアかと心配したがそうではなかった。四〇・二度。扁桃周囲炎。二二日に治った」

「一九四一年九月二四日。ユキちゃん、はじめてヨーチエンへ行く。Dは小さな母親みたい。みんな驚いて感心する。Dはほんとうに賢く、物分かりがよく、分別がついた」

賢く物分かりがよく、小さい妹を母親のように世話する女の子が写真のなかで、母とテーブルを前に、生真面目な顔をして、食卓をどう整えようかと思案している。この生真面目な、一心に思案している幼い姿に、作家はもうひとりの女性の姿を重ねる。源氏の物語を書いている紫式部だ。男性の知識人が漢字でしか書かなかった時代に、彼女は平仮名で、あの長大な物語を書いた。ひと目でどんな女をも魅了してしまう若い貴公子の話自体は滑稽だが、ひとりの宮廷女性が豊かな想像力と注意深いまなざしで日本文学の最高の傑作を書いて、男性に見下されていた平仮名をかがやかしいものにしたことはすばらしい、と作家は言う。

このとき彼女は、イタリアでも、知識層の書きことばであるラテン語ではなく、俗語と言われたイタリア語で詩や物語を書いたアッシージの聖者フランチェスコなどを想起していたのだろうが、彼らはいずれも男性であり、彼らよりも二〇〇年もまえに日本で女性作家たちが活躍していたことに驚嘆するのである。日本語では読めないけれどと断って、彼女の表現によると、《簡潔で魅惑的な》川端康成、《錯綜したエロティシズムの》谷崎潤一郎、《絶望的なヒロイズムの》三島由紀夫、《苦悩にみちたやさしさの》井上靖、ほかに林芙美子、太宰治、円地文子などの作品を英語やイタリア語で読んで、多くの、不思議な、洗練された事柄を知ったと書いている。

めんどう見のいい小さな姉は母親にはならなかった。二一歳で結婚した画家の夫とのあいだにできた男の子は七か月目で死んで生まれた。目の青い金髪の子だった。その子とスニーカーをはいて旅に出たかったと彼女は言う。失望した夫はアメリカへ行き、別の家庭を築いた。姑が、あなたに似ていると言った彼の妻は彼に三人の子どもを与えた。その後、彼は離婚して、再婚した若い妻は娘をひとり産んだ。

作家はいまでもニューヨークへ行くと元夫に会い、アトリエで彼の最新作を見る。


この年の一〇月二八日に末娘のトーニことアントネッラ・キクが生まれた。菊の季節ゆえの命名で、しばらくはキクちゃんと呼ばれていたが、帰国後、いつしかその名は家族のあいだから消えていった。ちなみに当のトーニは自分の日本名はキクと記しているが、ダーチャは思いちがいか、著書でも、話のなかでもアキコと言っている。つらい生活が待ち受けるこの世に出たくないとばかりに、へその緒が何重にもからみついた難産だった。トパーツィアは、死ぬかとも思われたほどの痛みに襲われたが、カナダ人尼僧の看護師は、信じがたいことに、罰だといわんばかりに、「快楽の結果ね」と言った。傷口の縫合のさいに麻酔剤を頼んだが、すべて前線の兵士に送ってしまったと言われ、ふたたび激痛に耐えなくてはならなかった。

母は「三人姉妹なんて、花束みたい」と喜んだ。


一九四一年九月一〇日にナチス・ドイツがブルガリア、ユーゴスラヴィア、ギリシアに侵攻し、十二月七日に日本が真珠湾を攻撃した。新聞は大見出しで、「帝国　英米に宣戦布告」と報じた。三日後にはイタリアとドイツがアメリカに宣戦布告をした。

真珠湾攻撃の日、先に述べたように、札幌の宮沢弘幸やレーン夫妻が逮捕されたが、京都にいたフォスコはすぐにはその件を知らずにいた。のちに宮沢の母親が訪ねてきて、息子の検挙について思い当たることはないかと訊かれたが、彼にも答えようがなかった。このとき彼は宮沢といっしょに登山したときの寝袋を母親に託して差し入れを頼んだ。だが、それは宮沢の手にはついに届かなかった。

日本はタイを占領し、フィリピン、マレーシアに侵攻し、香港とその国際港を掌握した。一方、ヒトラーは組織的な、研究しつくした効率的な方法によるユダヤ人の《最終的解決》を開始した。

京都の町は日ごろと変わらず静かだった。日本人が感情をあらわにしないことはすでに知っていたが、不気味だった。

外国暮らしの長かった日本人の大学教師夫妻が訪ねてきた。彼らは「タイヘンナコトニナリマシタネ」と嘆いて帰ったが、その後しばらくして出会うと、豹変し、日本軍の快挙に興奮していた。フォスコ夫妻は腑に落ちなかったが、やがて「テンコウ（転向）」という言葉があちこちで囁かれるようになって、事態を理解した。軍の快進撃の報に多くの日本人が、戦局の実態を知らされないままに歓喜していたのだ。日本人の目が開かれるのは、まずは四四年のサイパン陥落だったが、戦争はその後一年も終わることはなかった。

ここで作家は問わずにはいられない。

京都の自分たちの家にこれらの日本やヨーロッパの悲劇的状況は何も伝わっていなかったのだろうか？　なんら敵意を向けられずにあんなに穏やかに仕合わせに暮らしていられたのだろうか？　それとも両親が懸命に子どもたちに恐ろしい出来事を隠しとおしたのだろうか？

母に訊ねると、母はあのころの京都はひどい秘密主義に閉ざされていたと答えた。

政治のことはいっさい口にできなかった。あらゆる思想形態と発言がきびしく検閲され、イタリア人はたえず監視状態にあった。つまり戦争前夜の緊迫した平和という沈黙のなかで、子どもたちは何も知らされずに、穏やかに暮らしていたのだ。未来に対する過度のいらだちも懸念の兆候もなかった。両親はたぶん、子どもの前ではその気配をさとられないようにしたのだろう。

幻想が崩れるまでまだ二年あった。サロー共和国への忠誠署名を拒否した非軍人の在留イタリア人とともに名古屋の強制収容所に送られるまでに。

「ユキちゃんがシミズ家のやわらかい上等なフトンで眠っているあいだに、パパとママとダーチャはシミズ一家と田舎めぐりをして、おいしいメロンを食べたり、トンボを捕まえたりし、最後には農場のそばの川で楽しく泳いだ——太陽は熱く、稲はほぼ実ってすばらしい一日だった」

一九四二年になると、日本軍はビルマに侵攻し、シンガポールが降伏した。

作家は最近、日本軍に占領されたシンガポールを扱ったドキュメンタリー映画を観た。日本兵による拷問、凌辱、市民に対する暴力。迫っている敗戦を察して、日本兵たちはますます容赦なく残酷になったのか。それとも戦争が彼らを残酷にしたのだろうか。おびただしい数の死者が出た、日本兵にも。

また、クロサワだろうか、忘れられない映画がある。一人の将校と彼に従う、ボロボロの軍服の疲れ切った兵士たち。将校が「もう戦争は終わったのだ、家に帰れ」と繰り返し命令しても彼らはついてくる。よく見ると彼らの顔は紙のように蒼白で、目が見えないような、うつけたような表情をしている。帰れと言われると一瞬足をとめるが、またすぐ歩きだす。そして観客はやっと気づくのだ、彼らは死者だと。

そのあいだにも、母は娘たちの病気をこまごまと記す。


「D。

六月二〇日──左耳が痛む。熱はなし。

七月三日。三八・八度。翌日三七・二度。

七月末──軽い赤痢。

九月初旬、風邪──咳だけで熱はなし。コデイン。

九月九日夜。右耳が痛む。

一〇月一二日。熱──両耳痛む。それに扁桃腺と咳。

一〇月一三日から二二日まで、間をおいて三九から四〇度の熱と扁桃腺（お医者がキニーネを注射）

一一月一日、二日──三八度──遅くまで外で遊んだので左耳痛む！……

一一月三日。恢復。


ユキ。

七月二一日。微熱──不機嫌──食欲なし。歯茎が赤く腫れる。夜中に上の前歯が二本出た。

二二日。軽い食事――牛乳、トースト、重湯――みかんジュース（キャラメル二個！）体温三七度。二度排便、あまりよくない。熱が下がる――元気――排便なし。

二四日。排便なし。午後四回ゆるい便。熱が下がる――夜、黄色い固まった便。三七・九度。

二五日。固まった、緑がかった便一回。四時に病院のナガイ先生に診ていただく。食事療法。米汁と牛乳半々＋一日に生りんご二個のすりおろし＋薬（ペプシンなど）三七・二度。むずがる。

二六日。三七度。黄色い固まりの便二回。機嫌はいいが、憔悴して痩せた。

二六日。真夜中――びっしょり汗をかいたあと、体温三五・六度――手が冷たく、顔が青ざめ、ぐずがる――ぞっとする――きっと薬が多すぎたのだ（バカ！）毛布でくるむと、少しして顔色がよくなった！

二七日。朝と夜八時ごろ、二回、黄色い泡状の便――昨日と同じ（薬は飲ませない）上機嫌――食事はいつもどおり――体温三六・四度。

二八日。朝早くやはり変な便。食事を変える（私が考えて）1 米汁（ビオフェルミン少々）2 ヨーグルト五〇グラム、砂糖三杯、超薄のビスケット三枚。1、2と同様の食事をさらに二回。夜は便なし。熱なし。

二九日。朝、とてもいい便。バンザイ！　昨日と同じ食事を続ける。機嫌がよく体力恢復。立ち上がる。

三〇、三一日。恢復。少しずつビスケットとトーストを増やす。」

母が幼い自分たちの病状に一喜一憂して記録している長いリストを見ながら、作家は思う。

そのころ、ユダヤ人の子どもたちがアウシュヴィッツやトレブリンカなどの強制収容所に送られていた。その多くが非道な人体実験の犠牲者になり、ガス室で殺された。日本にいた両親は当然として、ヨーロッパの人たちもその惨状を知らされずにいた。運よく逃亡した二人のユダヤ人がロンドンの権威筋に駆け込んで実情を訴えたが、彼らの話は信じられなかった。ドイツのカトリック信者たちから繰りかえし恐ろしい情報が届いても、教皇ピウス十二世はそれを信ぜず、ナチスのユダヤ人輸送について何ひとつ発言をしなかった。

いまではみなが知っている。子どもたちは封印列車に乗せられて食べものも水もなく何日も何日もつらい旅をした。行く先も知らされないまま、まだ身なりもよく、元気な子どもたちが、列車から降りた。外に出て、身体を伸ばせることがうれしくて、嬉々として跳び降り、草原にむかって走っていった、すぐに殺されるとは知りもしないで。アンジェイ・ワイダ監督は『コルチャック先生』をこの幸福なシーンで閉じた。

実際は、労働力とならない子どもたちは急いでこの世から消されなければならなかった。彼らは服を脱がされ、怖がらせないために時には母親もいっしょにシャワー室に追い立てられた。「そこのフックに服をかけて番号をおぼえておきなさい、あとですぐに自分の服が見つかるように」と、SSの女看守はやさしく声をかけて、みなに石鹸を手わたした。そして、チクロンBという毒ガスが降ってきた。

作家は二〇〇八年に『最後の夜の列車』（*Il Treno dell'Ultima Notte*, Rizzoli）という長篇小説を発表した。ハンガリー動乱期のブダペストを舞台に、若いイタリア人女性ジャーナリストが、アウシュヴィッツに送られた幼な馴染みの男の子を捜す物語だ。生きのびていた少年に再会したが、彼は悲惨な人体実験のために、心身ともに破壊されていた。

母の日記は一九四一年で終わっている。

《ぷりぷりした肉体の女の子》はこのあと、ことばにならない《もうひとつの物語》へと巻き込まれてゆく。

『神戸への船』の最後に作家がかかげている三人の詩人の詩を添えておく。

忘却をのせたわたしの船がゆく
荒れた海を、冬の真夜中に
(……)
ため息と希望と欲望に湿った風が
帆を引き裂く

フランチェスコ・ペトラルカ

思い出、ぼくらの短い肉体の
あまりに長いこの影

ヴィンチェンツィオ・カルダレッリ

水は渇きによって教えられる
陸は渡ってきた大洋によって
恍惚は、苦しみによって

平和は、苦悶によって
愛は、形見の肖像によって
小鳥は、雪によって

エミリー・ディキンソン
（亀井俊介訳）

8　「さようなら、京都」

つづく収容所での生活については、母の未刊の「ノート・ブック」を復元して、妹のトーニが書く。一九四二年のこと、および「ノート・ブック」がはじまる、四三年の、強制収容所に入る直前の数日までのことについては、何も記録がない。ダーチャが日記の中断の理由を訊ねると、母は、たぶん、空気が変わったから、と答えた。不安が蔓延しだしていた。新聞は政府のプロパガンダばかり繰りかえした。人びとは、しきりに「ヒトラー、ツヨイネ」と、賞讃と恐怖の入り混じった顔で言っていた。

日米交換船

日本は四二年三月に東インドを侵略し、アメリカは東京を、八月には、日本軍が占領したソロモン島を空襲した。スターリングラード攻防が始まった。日本とドイツの侵略に賛同しない人たちは口をつぐんだ、苛酷な報復が怖かったのだ。トパーツィアはなぜかヒトラーは勝てないと確信していた。イタリア人の立場は微妙だった。彼らは交換計画の駒になった。多くのイタリアと日本の留学生が交換された。外務省は彼らに目を光らせていた。大使館には彼らと考えを同じくする外交官もいたが、その彼も口をつぐんだ。

トパーツィアの言う「交換計画」とは、四二年六月から始まった日米交換船での帰還のことであろうが、実際はイタリア人は英米と日本との交換船協定による交換の対象にはなっていない。この日米交換船ついては、鶴見俊輔、加藤典洋、黒川創氏の『日米交換船』（新潮社、二〇〇六年）にくわしく書かれている。

それによると、第一次日米交換船は、六月一八日にアメリカ船籍のグリップスホルム号がニューヨーク港から、六月二五日に日本船籍の浅間丸が横浜港から、同月二九日にイタリア船籍の、マライーニ一家が乗ってきたコンテ・ヴェルデ号が上海港から出航して、七月二三日に中立国であるポルトガル領の東アフリカのロレンソ・マルケス島（現モザンビークのマプート）で日米双方の帰還者を交換し、グリップスホルム号はニューヨークへ向かい、浅間丸とコンテ・ヴェルデ号は、八月一九日に館山沖に碇泊して乗船者が取り調べを受けたのち、翌日横浜港に帰着した。

このとき、先述の「宮沢レーン事件」で宮沢弘幸とともに逮捕された北大のアメリカ人教師レーン夫妻の一二歳の双児の娘がアメリカの公館員たちとともに浅間丸に乗って横浜港を発った。ロレンソ・マルケス島で四一六名のアメリカ人が七八七名の日本人と交換され、グリップスホルム号に乗り換えて帰国した。服役中のレーン夫妻も突如、九月二日出港予定の帰国船に乗せるということで大通拘置所を出され、喜んで横浜に行ったものの、理由も説明されずに配船が無期限に延長されたためにふたたび拘置所に戻らせられた。

その後のレーン夫妻は、上田氏によると、「奇異な交換」の駒にされた。公式記録では、なぜか夫妻は先述の九月二日出港予定の船に乗って帰国したとなっている。だがその船は出航せず、夫妻は翌四三年九月に横浜港から出航した最後の交換船帝亜丸に乗せられ、インドのゴアで、ニューヨークから来たグリップスホルム号に乗り換えて、祖国に着いているのである。

「奇異な交換」とは、それまで記録が抹消されて収監されていた場所すらも不明だった夫妻が突如出国させられたことによるが、上田氏の推察では、「日本政府の必要とする」特定の人物、おそらくは日本政府がアメリカに放ったスパイで、当時アメリカで拘禁されていた人物と交換されることになったのだろうという。このさい、こちらで手配する人物がスパイか否かは重要ではない。要するに、夫妻はスパイとして監禁された日本人と交換するためにスパイの罪名をかぶせられたのであろうと。

レーン夫妻がニューヨークに着いたときのようすを、夫妻の四女の夫で日本文学研究家のアール・マイナーが書いている。


二人はほとんど廃人にちかい状態でアメリカに帰ってきた。私の妻がニューヨークまで二人を迎えに行って、痩せこけた母親と、二年間で髪が真っ白になった父親が迷子になった子供のように手をつないで立っているのを見た時、妻は気絶した。

（『日本を映す小さな鏡』吉田健一訳、筑摩書房、一九六二年）

レーン夫妻は五一年に北大の招聘に喜んで応えて再来日し、教職に復帰した。札幌で静かに余生を送るはずだったが、ハロルドは北大病院での、腸のポリープ摘出の簡単な手術のミスで六三年に死亡した。ポーリンは癌に冒されて六六年に亡くなり、二人は札幌の円山墓地に、生後すぐに死んだ長男と並んで眠っている。

『日米交換船』の巻末の年表によると、のちには日英交換船も出航し、日米交換船とともに、それぞれの第二次交換船もふくめ、四三年一〇月まで航行しているが、フォスコとトパーツィアは交換の駒にはならなかった。そして彼らが連行されたあとは、もはや交換船そのものが日本の港から出ることはなかった。

ちなみにこの『日米交換船』の「日本の収容所のなかから」という項に、マライーニ一家、「宮沢レーン事件」、フォスコの著書、ダーチャの『帰郷　シチーリアへ』、『メアリー・ステュアート』の舞台などについての言及がある。

ダーチャは口の重い母に当時の状況を訊ねた。母は記憶をたぐり寄せながら、声に緊張感をみなぎらせて語った。

日本在住のイタリア人同士の空気は一変した。誰もが疑心暗鬼になった。イタリアのファシズムに疑問を呈する者もいたが、大使はナチス風の腕を前方にまっすぐのばすローマ式敬礼をした。イタリアの状況は隠れて聞いていたラジオをとおして知った。ユダヤ人虐殺のことは事情通のフランス人から聞いたがとても信じられなかった。噂は流れていたが、公けの報道はなかった。カトリック教会もアメリカ政府も何ひとつ明らかに伝えなかった。

四二年一一月。新聞はガダルカナル戦で多くの、とても若い兵士が死んだと報じた。トパーツィアはひどい難産だったせいか母乳が一滴も出なかった。困っていると、医師は牛乳を飲ませなさいと言った。と言われても、どこに牛乳があるのか。町じゅうや田舎を探しまわって、やっと乳を搾らせてくれるという親切な農家の人が見つかった。日本人は、軍人は別として、たいがいはとても親切だった。医師がビタミンが逃げないように煮沸しないでと言ったので、濃い牛乳をそのまま水で薄めて飲ませた。その牛乳のおかげでトーニは目に見えて元気になって、すくすく育った。

ファシズムへの宣誓拒否

一九四三年九月八日にイタリアが連合軍との休戦を発表したのを機に、在留イタリア人の運命は一転した。

先に述べたように、ファシズム大評議会でムッソリーニが罷免され、後任のバドッリオ軍事政権が九月八日に連合軍との休戦協定を公表して、日独伊三国同盟から離脱したために、イタリアは日本にとって一挙に《友邦》から敵国に、イタリア人は敵国人になったのである。このとき、すでに述べたように、フォスコ一家が乗ってきたコンテ・ヴェルデ号の乗組員たちは、日本軍に接収されていた船を上海で沈没させた。

日本政府はただちに「戦時措置」を実施し、イタリア人について、「公館員及在留伊国人は敵国に準じ保護監視すること」を決定した。イタリアは英米とちがって戦前も戦争中も組織的な自国民の引き揚げを行なっていなかったので、この時点での在留イタリア人は、大使館員三四名とその家族二二名、横浜領事館員一名、阪神総領事館員四名とその家族五名で計六六名、一般人は一九〇名で、全国で総計二五六名だった(『外事月報』四三年九月分)。「敵国人に準じ保護監視」とは、具体的に、公館の監視と公館員の外出制限、自家用車の使用禁止、電話切断、郵便物の配達停止などで、一般人に対してもそれに準じた措置がとられた。

マライーニ一家はこのころ、例年のように軽井沢で避暑をしていた。だがその年は空気が変わっていた。一家が別荘に着くとすぐに特高があらわれて、人の出入りを監視しだした。石戸谷滋氏によると、フォスコは英字新聞を買うことも禁じられて、モリオカさんが逮捕も覚悟でひそかに買いに行ったという。特高は、軽井沢にはヨーロッパ人が多いことを利用してフォスコがスパイ活動をするのではないかと疑っていた。

九日、つまり連合軍との休戦発表の翌日の朝、警官が来て、「ヨーロッパの戦況により、一家には自宅監禁の命令が届くと思われるので、そのときはすみやかに京都に帰るように」と告げられた。命令は翌日届き、一家は警官二名に付き添われて、汽車で京都にもどった。いまや七歳になって、イタリア語や英語以上に日本語を話し、近所の子どもたちと遊んでいたダーチャは事態が悪化したのを察したらしかった、とフォスコは書いている。

京都の家でも特高が待ちうけ、やがて常駐するようになった。彼らの家には日本人の学生が出入りしていたので、ときどき視察に来る特高の目をくらますためにムッソリーニと国王の写真を飾っていた。軽井沢から帰るとトパーツィアはすぐに、ガラスが壊れたから直すという口実でムッソリーニの写真を引き出しにしまいこんだ。視察があるときはそれを出して飾った。

そこへ、九月一二日に、幽閉されていたムッソリーニがドイツ軍に救出されて、ドイツの傀儡政府サロー共和国を樹立したのである。日本政府は九月二七日にその政府を承認した。そして一〇月五日の大本営政府連絡会議で「伊国に対する処置調整の件」をまとめ、外交官と一般人に対して「ファシスト新政府に忠誠を誓ひしや否や」を問うことにし、拒否した者は一〇月一九日から二一日のあいだに抑留することを決定したのである。『外事月報』一〇月分のこの記録にあるように、ファシスト新政府に対する忠誠宣誓の件は一〇月五日にすでに決定されていたのであり、一〇月一三日のバドッリオ政府による対ドイツ宣戦布告後のことではない。宣誓書は縦書きの日本語で、「伊国ファシスト共和国に対し忠誠を尽くすと共に大日本帝国に対し衷心協力すべきことをここに厳粛に宣誓す」という文面である。

フォスコとトパーツィアは別々に尋問され、二人とも宣誓を拒否した。トパーツィアの話では、このときフォスコは「自分はアルプス歩兵旅団の兵士ゆえ王に逆らうことはできない」と答え、トパーツィアは「ナチス・ファシズムは私の思想と相いれない」と答えた。

トパーツィアは娘ダーチャに念を押した。

「忘れないで書いてね、私は夫に従うために強制収容所に行ったのではないということを」。

審査の結果、公館員は二名だけが宣誓し、拒否した三二名とその家族の計四二名が東京都大田区田園調布の聖フランシスコ修道院へ、一般人とその家族の計一九名が愛知県天白村の、松坂屋デパートの社員保養所「天白寮」を接収した抑留所への収容が決まった。『外事月報』には収容者全員の名前と職業、年齢が記載されている。それによると、職業は、通信員、聖職者と修道士、会社支配人、教師、学生、元大使館員、学生などである。

『外事月報』にはまた、ある教師の妻が面会に来て、宣誓拒否をしたのは誤りだったと言うようにと夫に勧めているところを取り押さえられ、尋問されると、「周囲の人たちにそうするようにアドヴァイスされた」と答えたとあり、「その他の解放者も口先だけとも思われる。監視すべし」と付記されている。

たしかに、公館員とその家族六六名のうち収容されたのが四二名であるのに比して、民間人は一九〇名中一九名という数字を見れば、民間人のほうがファシズムの賛同者が多かったのであろうが、それはまた、当局が疑ったように、本心を偽って、「口先だけ」の、別の言い方をすれば、「臨機応変」な選択をしたということもできるだろう。また、通信員の妻は臨月だったため、出産まで五歳と三歳の二人の子どもとともに抑留延期となり、実際に天白に出発したのは一六名である。その女性は出産後宣誓に同意したのか、事情を考慮して免除されたのか、その後も収容されていない。

京都最後の日々

一〇月末のある朝八時、警察隊がやってきた。隊長は礼儀正しく挨拶をして家に入ると、出されたお茶を飲みながら、世間話や自分が好きだというブラームスやベートーヴェンの話をしていたが、やがて、急に口調を変えて、「立ちなさい！」と言った。彼はすでに「あなた」ではなく「きみ」を使っていた。

「この瞬間から、われわれはきみたちの政府を認めないゆえ、きみたちはもはやきみたちの大使館の配下にはない。日本帝国政府の配下にあるのだ。きみたちはわれわれからの命令にしたがわねばならない。子どもたちと最小限の荷物をもって出発する準備をしたまえ」

そして二人の部下に向かって言った。

「おまえたちはここに残って、監視しろ、彼らは敵国人だから」

フォスコはすでに、一〇〇〇冊ほどの本を五冊ぐらいずつ「ジャパンタイムズ」にくるんで三〇個ほどの木箱に入れ、友人に頼んで京都フランス文化会館の倉庫に保管してもらうことに成功していた。これらは戦後、札幌から送った貴重なアイヌ関係の資料や収集品、そしてホットな記事が満載の新聞とともに、すべて無事にイタリアに着いた。

このとき子どもたちをどうするかということが上層部で議論されていた。警官たちが軽蔑をこめて呼んでいた「裏切り者ども」の子どもたちのための寄宿舎へ送られそうになったが、受け入れ先の名古屋市の市長夫人がキリスト教徒で、彼女の、「子どもは親の行くところへ行くべきだ」という鶴の一声で、子どももいっしょにということに決まった。このとき憲兵の一人が放ったことばをトパーツィアは忘れない。

「死んだってどうってことはない、女ばかりだから」

京都での最後の日々——一九四三年一〇月一八、一九、二〇日のようすをトパーツィアのノートから探ってみよう。先に見てきた二冊の「育児日記」とがらりとおもむきが変わって、三冊目のノートはより内省的な、現実の観察記録になっている。

「どうして、私は時折りこんなにも強く自分の生の瞬間を書きつけたくなるのだろう？　わからない。どうしてもっと重要なときにその欲求が起こらないのだろう？」

「少しジョイスの『ユリシーズ』を読んだ。これを書くことを彼はどんなに楽しんだことだろう——彼の瞬間的な心理の記述体系はわかるし、認めるけれど、ほかのこと——概念、暗示その他もろもろや、彼と……誰？　彼自身だ！　の秘密の隠語のような——が多すぎる。だが基本的に、書きながら、文法的なそれも含めたあらゆる制約から自由だと感じるのは、なんというやすらぎ、なんという解放だったろう——読者には大変な努力だけれど」

「ショーを読む——なんと知的なことか！　だがどうして世界は思想——正しく、堅固で、提示すべき実際的な思想の持ち主に耳を傾けないのか？　逆にどこかの独裁者や口先ばかりの、ずる賢い、計算高い空疎な芸術家に熱狂する——彼らはほんの目先の、数千（あるいは数百万）の人間の、ほんの数年の利益しか見ていないのに。人間はなぜ人類全体の問題を根源的に考察しようとしないのだろうか？

まるで掃除をするとき、目につく部屋の真ん中だけ、上っ面だけ箒で掃くみたいだ——誰ひとり、どこが最良の場所か、論理的な場所か、すべてにとって最も快適な場所かと問題を根本的に解決しようとしない。いやいや、これはそこに、これはあっちに、入るよ、見えないよ、この引き出しの中に、このカーテンの下に、などなど――気が狂いそうになる――人生でも同じだ。邪魔物は片づけよう――誰かを満足させるための法律――戦争――ほかの者たちを満足させるための数百万人の死者――ほかの者たちを隠すための刑務所――罪を修正するための病院や役所。だがそんなことより、生の熱情――個々人の《感情教育》が、論理的で正しい（だが多様性のある）、実際的な社会機構のことを考えなくてはならないのだ」

心理的困難におちいると思わず英語で話してしまうトパーツィアは、自宅に監禁され、名古屋への移送をまえにした不安な日々、ジェイムズ・ジョイスやバーナード・ショーを読んでいるのだ。そしてジョイスのあの難解な小説の文体のうちに作者自身のやすらぎと解放を想像し、ショーの「堅固な思想」に感嘆しつつ、それが崩壊して、間に合わせのご都合主義が支配している現在の世界情勢を嘆いている。毎日眺めている百万遍の寺院の美しい屋根の線と日没の風景を眺めながら、あと何日こうして眺めていられるのだろうとみずからに問いながら。

「あさって、名古屋へ行くことになった。感情が高ぶる――泣きたくなる――ネエサンはいっしょに行けない。これが最大のつらさだ、こんなに親切で娘たちをかわいがってくれる彼女なしでどうやっていけるだろう。別離ばかり――引き離されてばかりでほんとうに、つらい」

トパーツィアは先のことは何もわからず、強制収容所がどういうところかもわからず、強制収容とはほかの人間たちといっしょに暮らすことだろうぐらいに思っていた。ここでネエサンと呼ばれているのは、飛鳥井町の家に住み込んで子どもたちのめんどうをみていた女性の一人であろう。ダーチャの作品によく出てくるのはモリオカさんだ。

森岡まさ子さんは一九一〇年生まれで二〇〇八年に亡くなったが、一〇年ほどまえにお会いしたときは九〇歳を過ぎておられたはずなのに大変お元気だった。何年かまえにはローマへ行って、「法王さまにお会いした」と話しておられた。「ダーチャの乳母をなさっていたのですね」と確認のつもりでたずねると、「いいえ、フォスコさんの秘書でした」という答えだった。そして「ダーチャはとても賢い子でしたよ」とつけ加えた。

先述の石戸谷滋氏の著書によると、フォスコが貼り出した「家庭教師募集」に応募してきたという。秘書、家庭教師、乳母の仕事を精力的にこなしておられたようだ。石戸谷氏はまた、森岡さんの話として、トパーツィアは軽井沢の外国人のなかでスターのような存在で、恒例の夕刻時の散歩には、自分はもとより娘たちも着飾らせ、森岡さんを従えて行きつけの喫茶店に向かうと、彼女が公爵令嬢であることを知っているヨーロッパ人の女性たちがスカートの裾をつまんでうやうやしく礼をしたと記している。

また上田誠吉氏によると、森岡さんは一家が名古屋に収容された直後に夫とともに特高に検挙されて、マライーニ夫妻がスパイだったことを認める調書に署名をしろと要求されて殴打された。夫妻は最後まで否認しつづけ、釈放された。その後も、逮捕の危険をおかして抑留所に会いに来てくれたが、またもや殴られ、その後は一家に会うことすら許されなかった。戦後、森岡さんからこの話を聞いたフォスコは、自分たちを救ってくれた勇気ある夫妻に心から感謝した。

森岡さんは広島出身で、戦後、広島県公認高等文化女学校を設立して、混乱期の女性たちの教育と自立を奨励し、五九年には、被爆した夫とともに広島初のユースホステルを開設して若者と交流して、原爆の恐ろしさを訴えつづけた。森岡夫妻の波乱万丈の生き方については石戸谷氏の著書にくわしい。また日本初の女性写真家としていまなお活躍の笹本恒子さんが九八歳のときに出版した『夢紡ぐ人びと――一隅を照らす一八人』（清流出版、二〇〇二年）のなかにこの一八人の一人として森岡さんが登場している。

トパーツィアは警官に付き添われてダーチャとユキを眼科につれていった。これが最後だろうかと思った。せめて娘たちを喜ばせてやろうと玩具をたくさん買った。こうして出発のつらさをカムフラージュしたのだった。だがこれらの玩具はほかの荷造りしておいた荷物とともども、最後まで収容所の娘たちの手には届かなかった。

フォスコはその数日の自分の心境のことを書いていないが、彼の落胆ぶりは傍目にも激しかった。

生暖かく、こおろぎの鳴く夜、フォスコとトパーツィアは好きなベランダでいっしょに涼んだ。このときトパーツィアは、自分がフォスコから引き離されたら、彼はさらに落ち込むのではないかと自問し、楽しい話題をさがしたと書いている。二人のあいだで、彼女が宣誓拒否を撤回して、子どもたちと残るということが話題になったのかもしれない。だが彼女は自分がそばにいることが夫にとってもよりよいことだという確信のもとに、自分の選択を守ったのであろう。三人の娘の母親はもう一人の息子の母親にもなったようである。

親しいフランス人の友人夫妻が食べものをもって別れの挨拶に来てくれた。ラテン人同士の心を感じた。ドイツ人は、警官だらけの彼らの家に近づくのが怖かったのか、誰も姿を見せず、こちらの具合を訊ねもしなかった。面会は警官の前で日本語で話すことしか許されなかった。

「(翌日)いっしょに逮捕されたベンチ(京都に住んでいたベンチヴェンニ神父のことをこう呼んでいた)は今朝は興奮して震えていたが、よく自制した……一冊も本を持っていけないとは！　最悪だ――かわいそうなフォスコとベンチ。フォスコはまるで綱渡りでもしているかのよう――誰も彼に話しかける勇気がない――『去ること、それは少し死ぬことだ』他の人たちにとって、私たちはそういうことだが、今回はそれ以上だ、家々もいろいろな場所も私たちにとって死ぬということだ――さようなら、京都」

こうしてマライーニ一家は京都をあとにした。詩人エドモン・アロクールがうたったよりも多く死ぬために。

9　《もうひとつの物語》――天白の収容所

収容所のイタリア人

マライーニ一家五人のほか一一人のイタリア人がムッソリーニの新政権への忠誠宣誓を拒否して、名古屋市天白の抑留所に送られた。先に述べたように、『外事月報』には、全員の名前と年齢、職業が記載されているが、フォスコは『家、愛、宇宙』で、イタリア人については仮名もしくは匿名をとおしている。トパーツィアは「ノート」で《F》や《V先生》などを例外に実名もしくは愛称で記述している。

勇敢で知的な六〇歳の元外交官のワイルショットはユダヤ系で、妻は日本人ゆえに彼だけが収容された。日本人の精神構造に精通しており、特高に対してとるべき態度を指南してくれた。たとえば、彼らに対してはつねに平静をよそおうこと、彼らの怒りや侮蔑のことばは聞き流して、両手を後ろで組み、手は動かさず、威嚇のそぶりと思われるような行動をとらないことなどと具体的な助言をした。

ダーチャは子どもゆえに庭に出ることが許されたが、庭から遠くへ出て、農家へ行き、子どもたちとお蚕を集めるのを手伝って、おにぎり一個や卵一個、牛乳などをもらっていた。あるときそれが発覚して特高たちを怒らせた。隊長がサーベルを抜いて、怒鳴りながらフォスコの喉元にその長い刃をあてた。みな恐怖に総立ちとなったが、ワイルショットの忠告どおりに、石のように不動のままやり過ごして事なきをえた。

ただ一人、《共同体《コムニタ》》――収容所という小さな社会をトパーツィアはこう呼ぶ――に加わらなかった語学教師は、最初から特高たちと親しいようすだったが、妻の助言に従って宣誓拒否を撤回したのか、六か月後に不意に解放された。「彼は持参していた缶詰とともに姿を消した」とフォスコは名前は明かさずに、からかうような口調で暗に非難している。『外事月報』五月分に「解除者」として、この教師の名前が記載されており、「特に抑留継続の必要認めざるに至りたるに因り」とだけ記されている。

穏やかな貿易会社の支配人デンティチは、最年長者ゆえに、特高たちは《イインチョウサン(委員長さん?)》と呼んだ。彼にはよく手紙が届いたが、特高はそれらをわざと詰め所の見えるところに置くだけで、決して彼に渡さず、その仕打ちに彼はいつも泣いていた。それから、みなの健康や食事について貴重な研究をしてくれた、ガデリー商会という会社の顧問で生物学者のエルネスト・サルヴァトーレ。とても心やさしい男で、病気がちの元外交官や子どもたちの世話をやいてくれた。

フィーアットの日本支社長ヴィアーレ――『外事月報』では通信員となっている――の、出産したばかりの妻と幼い子どもたちはイタリア人だが、ついに収容されなかった。つまり、トパーツィアも忠誠宣誓に同意していれば、子どもたちとともに収容を免れる可能性もあったのだろうが、先述のように、ベランダで夫婦で話しあったらしいものの、夫の落ち込みの激しさも考えて、彼女は自分の選択を撤回しなかったのだ。その後、日増しに増大していった子どもたちの惨状を目のあたりにし、仲間うちでも、子どもを巻き添えにした選択の是非が論じられたりもしたが、彼女はノートのなかで自分の決断をいちども後悔していない。

ほかに二人の交換学生。気むずかしい宣教師のM――『外事月報』ではアンゼロ・マルジャリアとなっている――彼にはミサ用としてワインが届いていた。ミラーノのエンジニアはたまたま旅行で来日していた背の高いスポーツマンで、身体を鍛えてあるから逆境にも耐えられると言っていた。

「とても上品で控えめで、孤立していたFは飛行士らしかったけれど、私たちは彼がクラレッタ・ペタッチの元夫だったことを知っていた」とトパーツィアがトーニとの対話で語るFとは、ムッソリーニの愛人ペタッチの元夫のリッカルド・フェデリーチである。彼については四二年の『外事月報』にも、航空武官として、「陸軍森中尉の通訳として群馬県の中島飛行機会社に案内、同行」という記録がある。だが同月報の記録では、彼は四二名の「公館員とその家族」の分類に入っている。その後、軍職を解かれて、東京の聖フランシスコ修道院から天白寮に移されたのであろうが、詳細は不明ながら、この元空軍飛行士が妻を奪った独裁者への忠誠宣言の署名を拒否したことはたしかだ。

ちなみにムッソリーニとペタッチは、四五年四月二五日のパルチザンの総蜂起（戦後、この日は《解放記念日》として、事実上の終戦記念日と定められ、各種の記念式典が行なわれる）の二日後に、ドイツ軍と政府要人とともに、スイス経由で、フランコの独裁が継続していたスペインへの脱出をはかったが、スイスとの国境のコーモ湖でパルチザンに捕まり、翌日処刑されたあと、ミラーノのロレート広場に逆さ吊りにされた。

天白寮

トーニに天白の収容所はどんなところだったかと訊かれてトパーツィアは答える。

名古屋市郊外の小さな丘の上にあって、一方に草地や畑やほかの丘があり、反対側に遠く名古屋の町をみはるかす美しい場所だった。元はある企業の社員保養のための寮で、和風のこじんまりした、木造の二階建てだった。二階から物干し台に出られるようになっていて、そこで、許可をえて、よく日向ぼっこをした。一一月ともなると日増しに寒さが厳しくなった。暖房は食堂の石炭ストーブだけ。一家に与えられた一室に、それぞれ布団を敷き、規則だということで、服を着たままで寝た。さらに寒さが厳しくなると、室内でコップの水が凍るほどになった。トパーツィアは、札幌に着いたときの新聞の写真に写っている毛皮の長いコートをほどいて、娘たちが着て寝るチョッキに縫い直した。

入浴は週に一度だけで、なぜか石鹸は与えられなかった。順番がきびしく定められ、最初が特高で、そのあとに、収容者が重要度に従って決められた順番どおりに入り、トパーツィアと娘たちは最後だった。抗議したが、聞き入れられなかった。

手洗いはドアで隔てた廊下に穴がふたつあるだけのものだった。トーニはこの穴のことをおぼえていて、足をのせる板が大人用の大きさなので身体が不安定で、黒い穴の中に落ちるのではないかと怖かったと言う。そしてその黒い穴の中では大きな虫、回虫が動いていた。ダーチャは、「乏しいわたしたちの栄養源を奪う憎らしいこの虫を自分のお尻から引きぬいた」と書いている。母親と小さな娘たちのために、部屋に、白くて丸い、かなり大きな蓋つきのおまるが用意されていた。のちに《争奪戦《レクーペリ》》と名づけて、食糧庫から食品を盗んだとき、このおまるが役に立った。トパーツィアは廊下で、おまるの中のものを捨てて洗ったふりをして、そこに缶入りの油や卵、小麦粉の袋などを入れて部屋にもどった。

寒さとストレスのためにみな頻尿に悩まされ、夜中に何度も手洗いに駆けこんだ。そこへ行くには寝ている部屋から階段を降りて長い廊下の突き当たりまで行かなくてはならず、みな至福の夢心地の半睡状態から醒めたくないので、布団をかぶったまま、そろそろと、薄暗がりのなか、すれちがっても挨拶もしないで行き来した。そのさまは、まるで幽霊のようだった、とフォスコは書いている。翌朝は、寝不足でみなすっかり消耗しているが、起床時刻から五分以内に寝床から出なければならなかった。

特高は四名いて、二名ずつ交代で監視役についた。班長は粕谷という三〇歳くらいの小柄なインテリで、身だしなみがよく、髪をきれいになでつけ、繊細で神経質そうな手が印象的だった。遠くから見ると俳優のヴァレンティーノに似ているので、その綽名がついた。声を荒げたことはないが、厳しく冷酷で、誰よりも恐れられた。英語を少し話し、イタリア語も理解できたらしい。

粕谷の部下が西村という、不当にも——とフォスコは言う——《おバカ《クレティネッティ》》と綽名された男で、最初のころは、収容者たちに米や野菜を余分に与えてくれたが、粕谷に見咎められて禁止になった。トパーツィアが病気になったときは、卵や牛乳をくれた。ある日お腹が空いて泣くユキにさつまいもをくれたが、粕谷がすぐにそれをとりあげて、彼を怒鳴りつけた。

別の班の長は青戸という五〇歳くらいの背の低い、粗野で、粕谷とは対照的な、見るからに兵卒上がりの男だった。イタリア風にいえば、粕谷と同じく《人でなし《カローニャ》》だったが、ときどき大声で怒鳴ることがあったものの、どこか愚直で庶民的なところがあり、機嫌のよいときを見計らって頼みごとをすると、無愛想ながら親切心を見せることもあった。

青戸の部下が、愚かで尊大で残酷な藤田という若者で、四人のなかでもっとも軍国主義に染まっており、《ラデツキー》と呼ばれた。ヨハン・シュトラウスの「ラデツキー行進曲」で有名な、オーストリア人将軍の名で、北イタリアの独立運動を鎮圧し、オーストリア人にとっては英雄だが、イタリア人にとっては憎き将軍なのだ。《ラデツキー》はつねに杖を振りまわしてはぞっとするような叫び声をあげて軍隊式に歩きまわり、大日本帝国と天皇陛下の偉大さをまくし立てたが、四人組のなかで一番愚かだったから、恐怖の度合いも一番少なかった。

イタリア人たちは四人の特高を仲間うちで《天使ちゃん《アンジョリーニ》》と呼んだ。ほかにも、個々の綽名のほかに、天使ちゃんたちが神のお恵みを隠しておく食糧庫を《小さな教会《キエジーノ》》、そこから神のお恵みをかすめ取ることを《争奪戦》と称した。

収容所の生活は厳しく統制されていた。起床は朝六時で、五分以内に床を離れなければならない。そして洗顔、布団あげ、掃除。寒さと空腹のためにつらい作業だった。日中に眠ることは許されなかった。天候にかかわらず、全員が一時間、外に出て、すわらずに動きまわることを強制された。倒れて気絶する者もいた。食事は、前夜支給される材料で、当番制でつくった。夕食の後片づけを終えて、やっと寝室にもどるとすぐに消灯で、本も読めなかった。しかも日中の読書は禁じられた。トパーツィアは、幸いに、と彼女は言う、ビタミン不足のために脚気になり、歩行が困難になったので、症状がひどいときは一階の部屋で横になることが許され、そのときにメモをとったり、少し読書をしたりした。

裁縫もした。京都の家を出るときに、ひとり一個の旅行鞄の携帯が許され、五個の鞄に必要なものを入れてもってきていた。最初のうちは、洗濯をしてくれるというので、特高に衣類を渡していたが、二度と戻ってこなかったので、残った物は貴重品になった。二年間のあいだに成長していった娘たちのわずかな服を何度も縫い直した。さらに、畳の生活では靴をはかないので、凍える足に靴下は必需品で、頼まれればほかの人たちの靴下の繕いもした。ある老人の靴下はボロボロで、洗濯もできないので臭かったが、繕ってやった。自分たちのものは、シチーリア式に、熱湯に灰を入れて洗った。それでも、繕い物をすることは、よけいなことを考えずにすむので、気晴らしにもなった。厳しいイギリス人家庭教師たちに良妻賢母の教育を強いられたおかげで、公爵令嬢は裁縫や編み物もでき、のちにはその腕を生かして食料を手に入れた。

日付けはないが、天白に着いたばかりのころ、トパーツィアは書いている。

「とても美しいところ。清潔なタタミの部屋。いっしょに来た警官たちはとても親切だった。ここの警官たちは厳しくて冷酷だ。でも無礼というわけではない。最初は『マライーニ、オマエ』と呼ばれて驚いたが、きょうは『オクサン』と呼ばれた。だんだん厳しさがやわらいでいるようだ。たぶん、私たちの態度がとてもいいからだろう――きちんとはたらき――組織的で意欲があり、文句を言わず、何も要求しないからだろう……男性たちは毎日ひげを剃ることを要求して、認められたけれど。食べ物は少ない。一一月はじめまでのことだという（それは嘘だった）。缶詰をたくさんもってきておいてよかった。子どもたちにはなんでも許される。これには驚いてしまう。すべての日本人のように子どもたちを大切にし、彼女たちには牛乳を与え、いつでも庭に出ることが許される」

トパーツィアは物事を楽天的にとらえる傾向がある。だが安堵の口調で受けとめた収容所生活の状況は、すべて最初のうちだけのことだった。たちまちなにもかもが変わり、禁止ばかりが増え、警官たちは厳しく粗暴で、彼女は、すべては幻想だった、とトーニに言う。それでも、日本への船旅のあいだと同じように、約二年間の収容所生活のあいだ、他の誰よりも体調が悪かったにもかかわらず、彼女の精神力の強さには驚くべきものがある。公爵家の令嬢として育ち、日本に来てからは、同盟国の留学生として優遇され、京都では使用人を三人もおき、夏は軽井沢での避暑、冬は志賀高原でのスキーという生活から一転しての逆境に突き落とされても、この先の彼女の記述からうかがわれるように、彼女は自分が置かれた場所で自分を最大限に生かす力をもっているのである。

しだいに日付の感覚がなくなった。もう一年も閉じこめられているような気がした。わずかな水と石鹸で洗顔。入浴はまだ一度だけだ。

一一月二一日には、à bout de forces de l'existence《生きる力の限界》と彼女は記している。ひと月たった。子どもたちは玩具がなくていらいらしだした。部屋に閉じ込められて、ひとりは泣き、ひとりは叫び、ひとりはおしっこがしたいと言う。トパーツィアは頭が爆発して気が狂いそうだった。ほんとうにそうなりそうで怖かった。狂うのはたぶん、自分の弱さを守るのに充分に強い鎧をつけることのできない、とても感受性の強い人たちなのだろうと思う。

京都から送った荷物はいつまで待っても届かなかった。冬が近いというのに、荷物はついに届かなかった。

ワイルショットの日本人の夫人がたいへん親切で、月に一度許されている夫との面会のときにいつも、子どもたちに玩具をもってきてくれ、それぞれに人形もくれた。クリスマスにはプレゼントをもってきてくれた。ここではなぜか玩具を買うことが禁止されているのだった。ツリーを作ることは許されて、イブの夜は讃美歌を歌い、サルヴァトーレが、ワイルショット夫人が差し入れてくれた牛乳でおいしいクリームをつくり、ほかのイタリア人が特別のときのために隠しておいた桃の缶詰をあけて子どもたちを喜ばせて、楽しく祝った。

そして一九四四年元旦。

「すばらしい太陽と暖かさに恵まれた日。子どもたちにキモノを着せる――蝶々結びに大喜び――警官たちに挨拶――でも一六人に四個の卵以外は特別待遇はなし――それでも気分は上々。ダーチャはおたふくかぜ（一二月二六日から三〇日）が治る。フォスコは書きもの。ひどく痩せたが、元気。私は……元気で落ち着いている——とても落ち着いている——生活全体がずっと静止しているような——待って——待ち受けて——何を？　何が私たちを待っているのか？そしていつまで？」

最初の幻想がうち砕かれ、気が狂いそうなほどの混乱から、諦めとともに新しい生活のリズムを見つけたようだったが、それもいっときの平安でしかなかった。最初はダーチャ、そしてユキ、トーニがつぎつぎとおたふくかぜにかかった。夜中、零度の部屋で、三〇分おきに冷湿布を替える。子どもたちが恢復したと思ったら、月末にトパーツィアが体調を崩し、医師が来て脚気と栄養不良と診断。翌日、生の大根と、子どもたちからとりあげた牛乳一本を与えられる。生の人参も食べ、メタボリンを注射。体重が五キロ減っていた。脚が痛くて床についているしかない。

仲間のなかには、とくに三人の老人と神父には定期的に外部からパンなどの食べ物が送られてきていた。彼らが包みを開けるのを見るのがつらかった。彼らはその多くを《共同体》に提供してくれたが、一六人に鰯の缶詰一個などというのでは、なんとも少ない。

ほかの人たちも次々と病気になった。ヴィアーレはひどい胃痛。ワイルショットは高熱で臥せった。デンティチは膀胱炎と胃痛。ベンチヴェンニは下痢で、起き上がったものの顔が黄色い。フォスコはひどく痩せて顔色が悪かったが、トパーツィアのことをしきりに心配した。彼は立っていられるようになるまで寝ているようにと言ってくれたが、トパーツィアは休んだおかげでずいぶんよくなったような気がした。注射とおまけの生の大根が効いたのだろうか？

「世界じゅうで、私たちと同じどころか、ここよりひどい状態にある、ほかの何千、何百万の人たちのことを考えて、自分を慰めなくてはならないのだろうけれど、胃痙攣が起きるほどの飢えに苦しめられ、頭痛がして、ゴミ箱の残飯を探しに行くのでは、心慰めることなど何も考えられない――私は、V先生に届いて、彼が毎日食べる（仕合わせな人！）レモンの皮を食べる」

食料が急激に減らされて、このころすでに胃痙攣がおきるほどになっていた空腹に、トパーツィアまで残飯を探しに行っているのだ。小さなトーニは寒さと栄養不足のためであろう、日に三〇回もの頻尿がつづいた。

シチーリアへの想い

トパーツィアは、足の痛みが引いて、気分がいいときに、ふらつきながらも布団から起きて、物干し台の暖かな陽だまりで横になる。そうしていると、希望がわいて、楽観的になれたと記す。壁にバゲリーアの実家のヴァルグァルネーラ館とフィレンツェのフォスコの実家、シチーリア北東部にある、ヨーロッパ最高の活火山エートナ、そして二本の円柱の写真を飾った。そして円柱ばかり描いていたころのことを想起する。

「ギリシア―ローマ―ラテン性―ヨーロッパ―私たち。いつも円柱を描いていたことを思い出す。それらはすでにあのころ、私に多くを語っていた——私は、それらは文明のなかで最も愛するすべてを象徴するものだと思っていた。純粋で、堅固で、実際的で、丸く、優雅で——洗練された——たくましさのなかの繊細さ——組み合わされ、並べられ、集められていながらも、孤高で、個別的だ。純粋芸術の美と一体化した機能美のもっとも美しい表現。この二本の円柱を見て、なんと落ち着くことか——安定感——堅牢さ、永遠の、静謐な堅牢さ。もう何か月も、何年も、私たちが自分のなかにもっていないすべてを与えてくれる……そしてその背後には海——潮の満ち干——永遠の——偉大な——恐ろしい——このうえもなく甘美な、慰めの、そして幾度も無慈悲な海。**生**」

《ラテン性》などということばを使ったなんて、と彼女はトーニとの対話で驚いている。彼女は、アジア世界と対極にあるもの、なにか地中海と関係のあるもの、シチーリア美術のもつ曲線などという意味で使ったのだと説明する。ここには画家トパーツィアがいる。イタリア人は血液のなかにギリシア、ローマの古典的な美の造形性をもっているとよく言われる。とくにシチーリアには古代ギリシアの植民都市の遺跡が多く残っている。彼女は、見ては描き、親しんでいたギリシア時代の神殿の円柱の美しさと堅牢さを思い出しているのだ。そしてそれが日本に来て以来、自分から失われているのを痛感している。血液のなかにつちかってきた堅牢な造形性やくっきりした輪郭をもつ世界が衰弱した肉体とともに支えを失ってきていると感じるのだ。

　また彼女はフォスコと泳いだ海を懐かしく思い出す。シチーリア東岸の、イオーニア海にのぞむ景勝地タオルミーナの緑色がかった海と大粒の砂。そしてあのときの砂浜は、自分がそれを見ていないこの瞬間も、ひょっとしたら二度とそれを見ることがないとしても、たとえ誰もそれを見も楽しみもしていないとしても、それでもそのままあそこにあるのだろうかと自分に問いかける。

「……だがそれはあそこにある、そしてすべてから自立している――たぶん爆弾のせいで岩がいくつか動いたり、波が何分間かずれたりしたかもしれない。だが、もしも私がそこに戻ったとしても、それに気づくことはないだろう――あの少し大粒の砂はあのままあそこにあり、あちこちに不規則な泡があり、海水はいつもと同じ温度だろう……ここでは飛行機の音がする。そして死にそこないの年とった蠅が何匹か。蠅たちもまた一日が長引くことに希望をつなぐのではないだろうか、きょうは天気がよくて、太陽が暖かい――ぽかぽかだ――ほっとする――というだけで。でもきっと彼らは明日か今夜にでも死ぬのだろう――もしも冷えたりすれば」

太古来の不動の、永遠のシチーリアの海を思いながら、この気丈なシチーリア女性は死にかけた蠅にわが身をかさねているのだ。

収容されて数か月たち、収容者のほとんど全員が体調を崩してゆくなか、戦禍が甚大になるのに呼応するかのように、理不尽な待遇の悪化がはじまった。ベンチにすわるときに、理由もなく、壁にもたれることを禁じられた。そのくせ、思いついて、たがいに背中合わせにすわると、それは見逃された。気まぐれな特高の気分しだいなのだ。だが特高にとっては捕虜に死なれるわけにはいかない。捕虜は侮辱に耐えさせ、「劣等な」敵国人として支配するべきだが、死なせてはならないのだ。医師の往診のあと、一時的に卵や牛乳が増やされるが、また元にもどる。まさに、生かさぬよう殺さぬように、最小限の食事が与えられた。

飢え

最初のうちは友人たちやモリオカさんから食料が届いたが、特高の手をへて、その一部が渡されるだけだった。ほかの収容者たちも各自が受けとった物はみなで——トパーツィアの言う《共同体》で——分けあっていたが、しだいにそれが機能しがたくなり、やがて、可能な者だけが交換しあうようになった。イタリア領事館からは、一度も何ひとつ届かなかった。赤十字社の視察の日だけ、特別に増量された食事が出された。視察団との会話は厳しく禁止され、すべては演出された茶番だった。イタリア政府の要人の訪問も儀礼的なものでしかなかった。

一日の米の配給量は、当時、通常の日本国民には一人二合三勺だったが、収容者一六人——ダーチャの二人の妹は、まるで存在しないかのように数にはいっていなかった——に対して最初は二八合だったのが、一月にはいると二六合になり、それも次第に減量されていった。米の代わりの、大豆その他の粗悪な材料の乾燥麺類が一人あたり一食分一二本、小麦粉や食パンの代わりに、煮ると、黒い液状になる、栄養などなきも同然の薄切りの乾燥サツマイモが与えられた。それを日に三回の食事に分割すると、朝食はスプーン数杯のご飯にお椀一杯の味噌汁で、昼と夜は量を増やすためにご飯をお粥にした。

仲間たちはなるべくエネルギーを消費しないように、日中は禁じられていたにもかかわらず、粕谷の目を盗んで、横になった。東京の内務省から砂糖や卵、米、味噌、醤油などの缶や箱が届くのを目撃したが、それらは地元の特高たちに横流しされていたことがのちにわかった。

配給分のない小さな姉妹には各自が自分の配給分のごく一部を分け与えた。茶碗をもって、スプーンに半分や一杯の《お恵み》をもらって歩く娘たちの姿の悲しさ……この《お恵み》を多くの仲間は義務と考え、自発的に実行してくれたが、時間の経過とともに、「老人から取りあげて子どもに与えるのは正しくない」、「親が犠牲を払うべきだ」と抗議する者もあらわれた。一番小さなトーニが「お腹がすいた!」と泣くと、トパーツィアは「静かにさせろ!」と怒鳴られることもあった。自分の分を小さい娘たちに与えようとすると、特高に平手打ちをくらい、自分の分を窓から捨てられた。

トパーツィアは「サラダにするとてもおいしいタンポポの発見」からはじまる「食糧獲得のエピソード」を書きつらねている。

「ジャガイモの花のエピソード――無害か有害か――フォスコとベンチが実験台になる。何ごともなし、だがまずい――次に、フォスコが見つけたシダ。最高、だがオイルが必要」

「サルヴァトーレが窓から捨てたタバコの吸い殻のエピソード――全員が罰をくらう。一週間タバコなし」

「ゴミ箱で見つけた桃の皮(ナツミカンの皮も)のエピソード――フォスコがそれを自分で食べた」

だがこの話はトーニがおぼえていて、フォスコはそれをさっと火にあぶって殺菌して、ビタミンがはいっているからと彼女に食べさせたと訂正している。

「捨ててあった玉葱のエピソード。フォスコがそれを隠しておこうと部屋にもってきたが——ひどい臭い！」

「パンの分配の儀式のエピソード。一六人に七キロのパンが与えられた。娘たち三人で大人一人の三分の二、それから各自一人分ずつ分配。大きいパン！」

「《小さな教会》のエピソード。ヴィッラが、特高が食料を保管しておく倉庫の錠を開ける鍵を発見」

「種まき。Sが鍬で掘り、フォスコとCが警官に手伝ってもらって耕した土に種をまく。その成果は誰に？」

「フォスコが収穫した玉葱はまだ大きくなるのか、それともそこまでなのか？　彼はそれらを植えなおした。土を無駄に占領していると大議論」

「埋めてあったのを取り出してみたらカビが生えていたパンのビッグ・エピソード」

トパーツィアの話では、誰からか二本の大きな食パンが届いたのだが、特高が収容者に渡さずに土に埋めて、トイレの人糞をかけていたのだという。それをこっそり掘り出して、きれいにして、みなで分けてみると、カビが生えていたのだ。「私たちは空腹だった」と彼女はトーニに話す。

一月二八日、トパーツィアは昼食時に気絶して、吐いた。何も見えず、息をするのもやっとのうえ悪寒までして、二階に運ばれた。粕谷も様子を見にきた。彼女はそのときの自分の姿を思い返しては悔しくなる。気絶し、震えて泣くばかりの弱いヨーロッパの女を弱虫の夫が抱きしめて、キスし、手を握っている、粕谷がそう考えただろうと想像する。粕谷は卵一個とみかん三個、砂糖を少し届けさせた。その後もしばらくみかんをいくつか与えられたが、夫も娘たちももらえないのに自分だけ食べるのがひどくつらかった。

その後も衰弱がはげしく吐き気がつづくので、周りの人たちは妊娠したのだろうと言った。あんな飢えと寒さと失望と衰弱のなかで性生活のことなどまったく念頭になかったから、その可能性などありもしないのに尿検査をさせられた。むろん妊娠などしていなかった。

二月に入ると寒さはいちだんと厳しくなり、みな極限状態で、スポーツマンのミラーノのエンジニアも衰弱が目立ち、粕谷に横になるのを許された。どこから出てきたのか、彼はカーニヴァル用の仮面を顔にのせて、何時間もじっと動かずにいた。トパーツィアも娘たちももはや部屋から出なくなった。彼女はまたもや息苦しくなって気絶しかけた。そのまま床についてしまい、起きあがっても、一〇分と立っていられない。雪が降る。夜の室温は零度か最高で四度、凍えるようだった。

このころ、フォスコは親しいスイス領事を介して、東条元帥に、妻と娘たち、さもなければ娘たちだけでも収容所から出して寄宿舎に入れてくれるよう嘆願書を書いた。飢えがつのり、思いやりや共同体意識が徐々に薄れてゆくなか、自分の分け前を配給分のない子どもたちに《お恵み》しなければならない収容者たちは、口々にトパーツィアに決心を迫った。彼女は、二度と娘たちに会えないのではないか、娘たちのいない収容所生活に耐えられないのではないかと煩悶するが、ついに彼女たちを救う道はそれしかないと心を決める。だが東条はこの嘆願を却下した。彼女の話では、娘たちが行く予定だった寄宿舎はのちに空襲で爆撃されて子どもたちはみな死んだという。

すっかり衰弱していたところへ、うれしい物が届いた。ネエサンが餅を五〇個も送ってくれたのだ。みなで大喜びで食べた。フォスコもそろそろ限界に達していた。痩せて顔色が悪く、神経質になっていたが、そんななかで、彼は詩を書きはじめた。苦難のなかにあっても、感情的にならない、難解だがひねくれていない、非常に知的な、すばらしい詩を書いていた、とトパーツィアは言う。詩を推敲したいのだろうに、掃除をしたり、布団をたたんだり、洗濯をしたり、実際的なことがなにもかも彼の肩にかかっているのを見るのがつらかった。

トパーツィアは頭がズキズキするほどの空腹に、ほかのことは何も考えられなかった。一週間も床についたままだ。寒いが、陽がさすと、ぽかぽかして、雪景色が美しい。志賀など、去年までスキーをしていたあちこちの場所を思い出す。また行けるのだろうか？　たぶん二度と行けないのだろう。二日間、寒い曇り空がつづいたあとだけに、小鳥たちがピーピー狂ったように喜んで啼いている。子どもたちもキャッキャッと叫んで、笑っている。

フォスコは寸暇を惜しんで詩を書いていた。妻が収容所で発見した夫の新たな才能だった。彼はますます口数が減り、意気消沈し、自分はやがて死ぬ、何も残せないまま死ぬのだという思いで苛立っていた。そして詩にのめりこんでいた。「まさに決壊寸前。私は彼を奈落の縁に踏みとどまらせられるだろうか？」とトパーツィアは英語で書いている。

ダーチャが数日まえから微熱と胃痛を訴えるので、医師が来て、たぶん便秘だろう、それより左の肺に注意と言うので、トパーツィアは恐怖に襲われる。ダーチャを寝させて、みなで二階の寝室で食事をするので、フォスコは召使いのように階段をのぼりおりすることになった。

三月、収容生活が半年になったころ、サロー共和国の新しい行政官たちの訪問があった。思いのほか丁重な態度に一瞬、解放の期待が起こったが、それはいつものように幻想だった。それでも九日から一日おきに米の代わりに一人当たり三分の一キロのパンが与えられるようになった。五か月ぶりにパンを口にして、泣きたいほどうれしかった。ワイルショット夫人が夫のために置いていった食料を彼は親切にも《共同体》にゆずってくれて、おかげで三日間、いつもより多く食べた。粉末卵の卵焼き、豆ごはん、少し肉の入ったうどん、子どもたちに少しの果物、くじ引きで当たった魚二切れ。魚をダーチャに食べさせると、すぐに元気になり、フォスコも生まれかわったようになった。

春めいてきて、寒さもやわらぎだしたが、トパーツィアは相変わらず脚気のために脚が痛み、血圧が下がり、歯茎からの出血がひどい。ダーチャは熱がつづき、胃痛——米代わりのほとんど皮だけの乾燥いものせいだ——も治らないが、外観はかなりよくなった。庭のスモモの木が花をつけだしたが、トパーツィアは階段を降りられないので、何か月も庭に出ていない。子どもたちが小さな花を二階までもってきてくれた。せめて日当たりのいい物干し台に出て陽にあたる。子どもたちは、ネエサンにもらった色鉛筆で、絵を描いている。この色鉛筆のおかげで厳寒の冬を乗り切れたような気がする。髪を洗いたいがお湯も石鹸も制限されて、洗髪は贅沢だと諦める。子どもたちの服を縫いなおし、カーディガンを五着編んだが、もう毛糸も縫い糸もなくなった。

共同体のなかには、もうすぐ解放だと言う人もいたが、本来楽天的なトパーツィアも、希望と失望の繰りかえしに、もはやあまり期待しないことにした。三月一九日、赤十字社の視察があり、重大発表があると告げられた。みな、解放を信じて待ったが、またもや裏切られた。その日の昼食には、いつものご飯のほかに、豆入りの卵焼きがついていた。視察団が来たためのの《ごちそう》で、一行はみなが食べているのを一瞥しただけで風のごとくに立ち去った。

このときの重大発表とは、待ちわびた解放ではなく、各自が受け取るはずの物品のリストを見せられたことだった。マライーニ一家のリストにはイタリアの家族が毎月送っていた小包や銀行宛てのお金があったが、それらは一度も受け取ったことはない。赤十字から薬品を受け取れるとも言われたが、一度も届いたことがない。トパーツィアはビタミン剤とダーチャのために薬、小さい娘たちのための玩具と本を頼んだが、実際に届いたのは本だけで、それも特高たちの詰め所に保管されてしまった。子どもに対するこんな仕打ちは、いじめでしかない。

「赤十字国際委員会抑留所視察報告（一九四四年一月より三月）」に、日本各地の抑留所の一人一日当たりの食事量が記載されている。それによると、天白寮のこの年の視察は三月一九日で、パンが一一〇g、米飯二二〇g、マカロニ一五g、うどん三〇g、肉一五g、魚一二g、卵一二g、ミルク一四g、マーガリン六二ccなどとなっているが、これでも視察ゆえに特別にかなり増量された数字なのである。

日付けは異なるが、右の視察報告に記されている埼玉、神奈川、東京1、東京2、兵庫、長崎の他の抑留所では、パンがそれぞれ、三五六g、三〇〇g、六〇〇g、六〇〇g、四〇〇g、二二五gである。これらと比較しただけで、天白寮の食事がことさら苛酷なものだったことがわかる。明らかに、同盟国から一転して敵国になったイタリアへの報復、懲罰の意味合いがあったのだ。また同じイタリア人でも、公館員が収容された東京1（聖フランシスコ修道院）の抑留所では、肉、魚、卵などの蛋白源がそれぞれ五六g、一一二g、一・五個と天白寮に比べてかなり多い。内務省は既定の量を各抑留所に送っていたのだから、民間人が収容された天白寮ではとくに特高による横流しが横行していたことを物語っている。

唯一、実益があったのは駐日教皇使節パーオロ・マレッラの訪問で、彼は黒塗りのピカピカの車から降りると、さすがに粕谷をも制して、長いこと収容者たちの訴えに耳をかたむけてくれた。そしてその後、少なくとも二か月間は乏しい食事の埋め合わせになるほどの缶詰を置いていった。在日スイス領事はバターと砂糖、コーヒー、タバコを届けてくれた。缶詰のサラーミのあとの一本のキャメル、これこそ人生の至福、とトパーツィアは記している。

ときどき理由が説明されないままに配給分が増えることがあった。何か魂胆があるのではないかと疑いつつも空腹が一時的に満たされたあと、ふたたび減量され、先の見えない不安に襲われて、全員が意気消沈する。毎日四時に部屋にきて、ダーチャにお話をしてくれていた親切なサルヴァトーレまで苛立ち、野菜はスープにするのがいいと主張し、ご飯に入れて炊くのがいいと言うワイルショットと口論になったりした。

子どもたちはいらいらして喧嘩ばかりして、口々に騒ぎたてる。あたしはお茶——お茶といっても、警官が飲んで捨てた茶葉を煮直したものだ——は九時まえに欲しい、あたしは九時が過ぎてから、あたしは人参は薄切りがいい、あたしは細かく四角に切るのがいい、あたしのスリッパに触ったのはだれ？　ドアを閉めないのはだれ？　さらに外部からの届け物が禁止されるようになり、それまでバターやパン、果物などを定期的に受け取っていた老人たちが怒って打ちひしがれる。ダーチャの微熱がつづく。そのあいだにユキが熱を出す。医者は胃のせいだ、身体のほうはだいじょうぶと言う。意味がわからない。

復活祭。ダーチャはこのお祭りに誰かから贈り物が届くと何日もまえから待っていたが、何も届かなくて失望した。娘たちは、お祭りだからと、新しいスカートをはきたがり、ありったけの玩具や人形を出して遊ぶ。かわいそうに、人形といってもトパーツィア手作りのものに、ボール紙で作った小さなベッドや寝具、枕などだ。みなわずかな物で満足している。

トパーツィアはダーチャに金色のきれいな箱にいれた本物の小さな真珠を与えた。ダーチャは自分用の小さなカミダナを作って、大事なものをなんでもカミサマにお供えする。母親はそれを《宗教ごっこ》と眉をひそめつつも、やめさせることができない。少女は自分の《宝物》を供えて、食べものをくださいとカミサマに祈ったのだろうか。

レントゲン検査で、ダーチャは結核ではなかったが、脚気と心臓肥大が判明。娘たちはみな微熱があって、元気がなくなり、トパーツィアまで微熱がぶりかえし、脚が痛んで、動く気になれない。彼女は、もしも死ななければならないのなら、せめてはやく、ひと思いに殺してほしいとまで思いつめるが、自分の悲しみが子どもたちに伝染しないようにと心を奮い立たせる。

物干し台に隠しておいた玉葱の皮が発見されそうになったが、幸い、座布団をかけておいたのでにおいがしなくてわからなかった。カボチャの肥料をまいたとき、ユキの回虫を発見。医師は、ダーチャとユキの熱と消化不良と心臓肥大は脚気のせいで、「シンパイナイ」と言った。死にかけでもしなければシンパイナイと言うのかとトパーツィアは怒る。彼女自身は、立ち上がったり身体を曲げたりするたびに脚に激痛が走るほどだが、誰も信じてくれない。

春

四月、桜が咲きだした。とても美しい。四月一二日にトパーツィアは前年のこのころ、京都から東京へドライヴしたことを思い出して書いている。

「あの（なんという名前だったか）峠から見た富士山のすばらしかったこと！　前景に大きな松と桜の木。ありとあらゆる種類と色の花々――点々と、かたまりあっている家々のあいだに――大きな、白や桃色や、ほとんど赤ともいえる花をつける大きな樹木。そしてカラマツや松や樅の木の濃い緑色と灰色の屋根を背景に、枝が噴水のように、あるいはほんのり淡い花のネックレスのように流れる柳の木。水が孔雀石のように青緑色に光る大きな木曾川と、とても長くて軽やかなつり橋。そして雪をいただいて頂上が白い、まるで乳首が天をあおいでいるような御嶽山――薄桃色の桜の木々にかこまれた黒い岩から落ちる真っ白の滝――たぶん私がこれまでに見たもっとも美しくロマンティックなもののひとつだ」

春爛漫の日本の風景を最大級の賛嘆をこめて、水彩画を描くように描写している。シチーリアの明確な輪郭と堅牢な物質性とは対照的な、おぼろに霞む日本の風景をロマンティックな美とたたえ、受容している。しかし彼女にとって、その美もいまや追憶のものとなっているのだ。

彼女は自分の状況を分析し、その美と自分の状況の関係性に条件をつけずにはいられない。いまも、この収容所でも、目前の自然は美しい。けれどもそれを無条件に受容するには、精神的なバランスと外の世界の全体的な状況が把握できていなくてはならない、と彼女はつづける。収容所に入るまえにすでにそれから遮断され、いまは想像で追憶するしかない。世界の状況がどうなっているのか、戦況はどうなのかを知る手段はいっさいなかった。

子どもたちは野原に菫の花を探しに行き、ダーチャはそれを空き缶に植える。こんな状況にあってなお、娘たちが周辺の美しいもの、命あるものを観察して、喜んでいるのが母親にはとてもうれしい。娘たちが声を張りあげる。桜が咲いたよ、小鳥が一羽、群れから離れて近くまで来たよ、何かの芽が出ている、花の蕾がふくらんでいる、雲が白い、夕日だよ。

トパーツィアはいつも同じことを仮定法で考えてしまう、と言う。自分がもっと丈夫で、起き上がれたら、子どもたちがほんとうに健康でいてくれたら、仲間たちがこんなに苛立っていなかったら、そしてなによりも、外から何か、月に小包のひとつふたつでも受け取ることができたら、あるいはもう少し食べるものをもらえたら、満足もできるだろう、少なくともここで落ち着いていられるだろう。そして次のように日本とイタリアに対する思いをつづるのである。

「ゆうべ、ひとりで少しベランダ〔彼女は物干し台のことをこう呼ぶ〕に出ていると、はじめてアマガエルの鳴き声が聞こえた——ノスタルジアと鋭い悲しみ——なぜ？……京都での夜——北海道での静かな日々。イタリアでアマガエルの鳴き声を聞いたことがあっただろうか、なかっただろうか？　もう思い出しもしない……思い出は日本の思い出だけになりだしている……なんと憂鬱なことか。それでも、それでも、この国は（自然は）こんなにも美しい、魅力的な霧――緑――こんなに豊かで繊細な花々――どこもかしこも灰色がかった微妙な繊細さ――とてもとても美しい――それでも私はそれに愛着をいだけない。美しい場所を見て、心からそれを讃えながらも、ここに留まろうとは思わない、二度とここに戻ろうとは思わない、風景に対する愛情が私には欠如しているのだ。おお、なつかしい、乾いた岩たち、銀色のオリーヴの木々のあいだの赤茶けた岩たち――青い空にむかってひらくリュウゼツランの棘――不毛の荒野――干上がった土地――私の愛する土地の、発育の悪い、苦しい花たち――どうしてそれらを心からむしりとることができるだろう？　愛も友人たちも仲間たちも記憶から消えて、心のどこかの片隅に隠れてしまったけれど、おまえたちはちがう、どうして？　濃く暗い私の海――そして灼熱の太陽――凝灰岩――古代の円柱のあいだのオリーヴとリュウゼツラン――何が、おまえたち以上に美しくありえるだろう――何を、おまえたち以上に私は愛せるだろう？」

日本の繊細で豊潤な風景をかぎりなく讃美しながらも、彼女はそれを愛せないと言う。ことばを換えれば、どんなに自然が美しくても、日本という国を愛せないということだ。そして「濃く暗い私の海」。生まれ故郷シチーリアに対するこの強烈な思いが、彼女のすべてを語っている。むきだしの、荒れた、乾いたシチーリアの風景の美を懐かしみ、異国にあって、それに向かう激しい愛を確認する。不毛の荒野の「発育の悪い、苦しい花たち」への愛。「苦しい花たち」、このことばにこめられたすべてがトパーツィアである。

五か月も雪に閉ざされていた北海道から京都に移って、彼女は豊かな日本の自然と古来の文化と伝統の深さに驚嘆し、熱心にそれを吸収していた。だが、それらから切り離された場所に閉ざされて、目の前の美しい自然に魅せられながらも、いまや彼女は京都もフィレンツェも、イタリアすらも飛び越えて、はるかな、なつかしいシチーリアに思いを馳せているのである。この女性はイタリア人である以上にシチーリア人であり、日本——イタリアという国家をこえたところで自分の存在を確認している。おそらくそれゆえに彼女はこの厳しい収容所生活を耐えぬくことができたのだろう。ひと思いに殺してほしいとまで絶望しつつももう一度、シチーリアの荒れた風景を、自分のものであるすべてを抱きしめるために生きたいと。

戦後、解放されたのち、夫は自分の研究や日本人の知人との交流のためにしばしば来日し、天白寮を訪れてもいるが、彼女は、ここに記したままに、その後いちども日本に帰っていない。夫は一〇年後に日本人女性と結婚した。

共同体に加わらず、特高たちと親しかった語学教師がはやい時期に突如、理由も知らされずに解放されたあと、残りの収容者たちは次は自分たちもと希望をいだいては失望の繰りかえしをつづけ、しだいに諦めの心境に追い込まれていった。トパーツィアはなぜか自分たちは一九四五年の春まで解放されないだろうという予感があり、それまで体力と精神力がもちこたえるだろうかと不安に苛まれた。実際には、四五年八月一五日に戦争が終わっても、解放はさらに遅れて、八月末になった。

ヨーロッパで毎日爆撃があり、おびただしい人たちが、子どもたちまでが死んでいると大人たちが話しているのを聞いて、ダーチャは怯えてたずねた。

「でも、誰が戦争をしたがるの?」

「どうしてみんなそんなに悪い人なの? カミサマとママだけがいい人なの?」

フォスコが屋根に止まっていた小鳥を二羽つかまえ、食用にしようとした。だが子どもたちが大騒ぎして抗議し、小鳥を殺すのをやめさせた。

YMCAから一〇〇冊ほどの本が送られたが、特高がみなガラス戸の中に入れて鍵をかけてしまった。トパーツィアがもっていた本はフローベールの『三つの物語』と『感情教育』だけで、それも読みあきたところ、サルヴァトーレが『アンソニー・アドヴァース』という本を貸してくれたが、あまりに通俗的で読むのをやめた。

五月も末のある夕方、郷愁をかきたてるような、海から吹くそよ風のなか、トパーツィアとフォスコは、静かな日没の風景を眺めていた。小鳥が飛び、蛙が鳴いていた。黄金色だったまん丸い太陽が真っ赤になり、遠い丘のうしろに降りたと思うまもなく、見えなくなった。甘美、そして悲しみ。それが一体になっていた。やがて、まだ太陽の残光に照らされている雲間に、白い小さな月があらわれ、空はとてもやわらかな青色になった。ふしぎなことと思ったとき、庭からダーチャが叫んだ。

「ママ、お月さんを見て、そばに小さい星があるでしょ。とってもきれいね、あの、お月さんのそばの星は、この世で一番きれいなあたしの友だちなの」
小さな詩人だ。夫が自分の生の証に懸命にことばを探し、構築しているとき、妻はあふれ出ることばを抑制した文章に刻み、娘がもらすことばをすくいあげる。

「きょうも完全な、美しい、太陽に恵まれた、さわやかで、いい匂いのする一日。でもとても悲しい。なぜ？　何もすることがない——子どもたちはおとなしく遊んでいる。縫物をしてたくさん読んだ。フローベール。目が痛い。いいえ、悲しくない、悲しくなりたくない、こんな甘美さに身をあずければ、一瞬、悲しみは消える。一一時三〇分。小枝がかすかに揺れている——名前の知らない小鳥が一羽、不規則な間隔で叫ぶ——ゆっくり舞う蝶々——名前の知らない昆虫と、妬けつくのではない暖かさにしあわせそうな草が放つ強いにおい——そして松の木のにおい——ここの土地の空気のいいこと！　なんてすばらしいところ！　いま、遠くで蟬の声が。まだ臆病な鳴き声」

そこへ、特高たちの台所から玉葱を炒める匂いがしてきて、彼女の省察はたちまち現実に引きもどされる。台所、食べたい、食べること——自分の家の台所へのノスタルジア、いまここに自分の台所と自分の玉葱があったら！　食べたいときにいくらでも食べられるのに。肉が少し与えられた。だが、それは腐っていた。一〇日前に着いていたのだ。どうして、少しばかり分け与えるまえにわざと腐らせたりしないで、すぐにくれないのか。こんなにも手の込んだことができるなんて、と彼女は憤慨する。

ビッグ・ニュースが届いた。親しいスイス領事一家が子どもたちを軽井沢に引き取ってくれるという。政府からの許可を待ちながら、こんどこそと期待した。トパーツィアはトーニだけは手元におきたいと思ったが、仲間たちは反対した。彼女たちの洋服を縫いだす。朝から晩まで縫い物をして、娘たちの《支度》をしながら、自分もいっしょにつれていってくれないだろうかと、かなわぬ願いをいだく。かと思うと、子どもたちを手離すことに絶望して、眠れないままに泣いてばかりいた。このときトパーツィアは、自分は愛情と慰めに飢えているのだ、子どもたちは出てゆけることを喜んでいる、それはいいが、自分としては寂しくてたまらない、フォスコは慰めにならない、私たちはほとんど話をしない、どうしてか二人とももう話す気もない、彼は実際的な問題にばかり忙殺されている、と書いている。

実際フォスコはひどく苛立ち、彼女に当たりちらした。結局、ひと月も宙ぶらりんにされたまま、トパーツィアも子どもたちのためにそれが最良の道とあきらめた軽井沢行きはまたもや立ち消えになった。訪問した教皇使節が言ったように、「スイス領事の申し出がイタリア側の反対にあった」ということなのか、許可されなかったのだ。だが、教皇使節の置いていった缶詰とミシェリ（スイス領事）からの油とバターと牛乳で豪勢な食事ができた。それに特高までが、なぜか一四人の収容者に対して、米二二合、パン七斤を配給した。トパーツィアは、みんな太った、と書いている。だが一週間後の朝食と昼食はまたもやパンと水だけになった。

いつの間にか夫婦のあいだに微妙な感情のずれが生じていた。彼女は悲しいとか憂鬱だという感情ではないが、フォスコと会話がなくなって深い孤独を感じた。

「フォスコはほとんど他人みたい――私たちは必要なことしか話さない……以前のように戻れるのだろうか？　どうして彼は奇妙なほど極端な態度をとるのだろうか？――いま彼は料理や争奪戦、隠しておいたおやつうんぬんの話ばかり。夜だけ、ほかにすることがないので、形式的に本を手にとる。私は本を読んだり――議論したり、あるいは知的な会話（私の唯一の情熱、私の知る最大の楽しみ）を聞きたいのに――教養のある、感受性に恵まれた、知的な二人の会話――私たちを近づけ、神との真の一体感を与えてくれる唯一のことをしたいのに」

　フォスコは目の前の切実な問題に忙殺されて自分にこもってしまったようだが、トパーツィアは逆に彼と心を通わせたかったのだろう。

　トパーツィアの文章からは、困難な状況にありながら、それに負けまいとする意志がうかがわれる。日々の飢えと不安に苛まれながらも、誇りを失わないようにしたい、そんな状況にあるからこそ、人間としての尊厳を失いたくないという強い意志。それがときには伴侶に対する批判となってあらわれる。夫があまりに目前の実際的な困難にうちのめされてしまっているように妻の目には映る。

　実際、それだけ彼のほうが、自分や家族の生命維持のための切迫した――おそらく妻にすべてを語ってはいない――策略や危険をともなう行動計画に頭を占められ、その実行に疲労困憊していたのだろうと思われるが、みずから要求の多いと言う、楽観的な妻は、そんなときだからこそ、二人で力をあわせて、人間らしさを失わないでいたいという思いが強かったのだろう。フォスコの文章からは体力が消耗している妻に対する思いやりがあふれているのだが、それを妻が目にするのはのちのことであり、この時期には夫はそれを直接こまやかに表現する余裕がなくなっていたのだろう。

この例からもわかるように、解放後、記憶をたどりながら執筆したフォスコの、重い事実をもユーモラスに描写している著書と、実際にそれらの事実を日々生きていたままに記すトパーツィアのノートは本質的に異質なものである。ダーチャの著書も、思いがけなく手にした母の日記に触発されて、失われた自分の時間をたどるもので、フォスコの著書とともに文学作品であるが、トパーツィアのノートは、驚くほど冷静な記述にもかかわらず、空腹と不安のさなかの生の声であり、他者に読まれることを前提としていないのである。

あまりにつらい空腹をまぎらわすために、仲間たちは、わずかな食事を終えたあと、夜ごと、ゲームのように、かつて食べていた食べものの話に興じた。トスカーナの豆料理、ピエモンテのバーニャカウダ、シチーリアの鰯のパスタと甘味の強いお菓子のカンノーリ……それぞれが郷土料理の自慢をする。なかにはこの遊びに耐えきれずに逃げだす者もいた。子どもたちは、小石を拾ってきては、色鉛筆で、パンや野菜、果物、肉などに見立てて色を塗った。またそれを口にふくんで飢えを忘れようとしたとダーチャは書いている。そして、それは想像のうちの食べものだが、そもそも想像力とは、まったくの無から発するのではなく、かつてあったもの、見知っていたものの欠如、喪失によって大きくふくらむのだろうという思いを強くする。

ダーチャが飢えの記憶としてよくもち出すのが《ダイコン》である。『帰郷　シチーリアへ』に次のような記述がある。

ダイコンは白く、曲がっていて、大嫌いな腐った水の臭いをさせてお皿にのっているさまは嬰児の死体のようだった。それでも空腹よりはましだった……

ダイコンにはわたしを泣かせるほどの力があった。それでもそれがわたしたちの食卓にたまに登場する唯一の野菜の栄養源であり、摂取せねばならないことはわかっていた。

いまでも、茹でたダイコンの小鉢を前に、情けない、むかつく思いで力なくすわりこんだわたしの痩せこけた頰を、勝手にあふれでた涙が流れ、ころころと膝に転がっていったのをおぼえている。

ダイコンは健康を約束してくれるものではあったが、わたしには白い、意地悪で嫌味なものと映った。その根菜は空っぽの惨めな胃にすさまじい苦しみの嵐を引き起こした。それゆえわたしはそれを口に入れる瞬間を先送りにしてばかりいた。ダイコンは目の前でひっそりと息をひそめ、お皿のなかで死んだふりをしていた。だが死んでなどいなかった。

こんな極度の緊張状態がつづくうちに、仲間の精神や性格の外皮が徐々に剝落してゆき、むき出しになっていった。ことば遣いが露骨になり、無遠慮になった。配給分のない子どもたちにスプーンに半分か一杯の《お恵み》をすることを不公平だと言う者も出た。むろん、収容された仲間が我欲の強い人間たちだというのではない、とトパーツィアは言う。このような状況に置かれたすべての人間がそうなるであろうように、生存競争が始まったということだ。彼女は、いちばん小さなトーニのやわらかな腕に注がれる収容者たちの目にはカニバリズムの光があったと述べている。

このころ、あまりの食糧不足と理不尽な待遇を改善するためにイタリア人収容者たちがとった行動と、フォスコが主役となった《ユビキリ》について触れておこう。

人間としての尊厳と連帯

収容所生活が数か月ともなって、飢えがもはや耐えがたくなったころ、フォスコとグループの若手の何人かが配給以外の食糧の獲得に乗り出した。手始めに、ゴミ捨て場で玉葱やじゃがいも、みかんなどの皮を漁った。最初は羞恥心に襲われたが、やがてそれも習慣になった。フォスコはある夜、その日入手した食べ物を記している。

朝、キャベツの芯(最高にうまい)。一一時、入口近くでみかんの皮(うまい)。三時、ゴミ捨て場の箱の中のじゃがいも半個(ほっぺたが落ちそう)。夕方六時、魚の尻尾、残念ながら髪の毛がついていたが、洗う手段はない(むかつく、栄養はあるが)。

一家の主であるフォスコはほぼ一日じゅう、食べものを探しまわっていたのだ。
それから野生の花や草、茸などに毒性がないかどうかの実験。特高たちはせせら笑いながら見ていた。実験台になった者にとくに症状があらわれないのを確認してみなも食べ、あとでひどい下痢を起こしたこともあった。衰弱した肉体には軽度の毒性でも命とりになりかねない。

天白周辺はいわば荒れ地で、食用になりそうな植物は皆無だった。それだけはふんだんにあるどんぐりや麦藁を食べようと、隠れてそれらを煮て、できるかぎり繊維質やタンニンを除去してみたが、食品とはいいがたいものだった。

フォスコは蛇をつかまえて、皮を剝ぎ、骨を取り除いて、身の部分だけを子どもたちに食べさせた。亀や野ねずみ、野良犬も食べさせた。貴重な動物性蛋白源だから。トパーツィアは食べなかった。そんなときの、しっかりした助言者が若い生物学者のサルヴァトーレだった。彼はまた生命維持のために必要な一日分のカロリーと消費量を計算し、いつも脈拍を測ってくれた。

あるとき、子どもたちがゴミ捨て場でりんごの皮を拾った。ワイルショットは彼女たちを叱った。「敵の捨てたものを食べてはならない。そんないやしいことをしてはならない」と言って、自分が入手できるたびに子どもたちにりんごを与えた。彼にとって、人間としての尊厳を失うことは堕落のはじまりであり、彼なりに筋を通したのだった。だが、どこからも食料の届かない大人たちは、尊厳はともかく、「敵の捨てたもの」を食べた。

トパーツィアはトーニとの会話のなかで、このような危機的状況のなかにあってもイタリア人が総じてグループとして連帯していたと述べている。みな憔悴して、苛立っていたが、深刻な衝突や口論になることはなかった。ひとりの若者は性格が弱いのか、極度に落ち込んでいた。ワイルショットは彼や子どもたちのことを気にかけてくれた。彼はまたささいなことで怒らないように、特高たちに反抗しないようにと繰りかえし助言した。たしかに各自の欠点や悪癖などが露呈するようになりだしたが、基本的に全体の利益と連帯感が保たれた。

たとえば、食べるものがないままに、かつて食べたものを思い出して仮想の食べものの話をしていたことも、それが逆効果であると気づいて、みなで相談してやめることにした。全体にかかわることは自然に投票で決定するようになっていた。それをトパーツィアは《全体協議》という言い方をしている。どんなささいなことでも投票で決定した。これによってえんえんと議論がつづくことになったが、要するに健全な方法であった。生存のためには連帯感が必要であることをほぼ全員が理解していたのだ。彼女は、これが、イタリア人にはめずらしい組織としての力を生み出したと言う。

アウシュヴィッツなどの生存者の証言にもしばしば、生きのびるためには連帯感が必要だということが書かれている。生きることを放棄して、《生ける屍》となった《回教徒》——これは追いつめられたユダヤ人の差別感の言わせる隠語だが——と呼ばれた人たちは、連帯感を失って孤立してしまった人たちだ。アウシュヴィッツほどではないにせよ、天白のイタリア人たちは極度の飢えに苦しめられながらも自発的に全体の利益と連帯感を尊重し、全体にかかわることを投票で決定する《全体協議》の原則を守りとおした。これはじつに尊いことであり、私は彼らの人間性あふれる理性に心からの賞讃を惜しまない。

先述の著書『イェルサレムのアイヒマン』でハンナ・アーレントは、占領ドイツ軍が強要するユダヤ人移送などの行政措置に対して、イタリア側の責任者や直接の担当者が口先だけ同意してサボタージュをしたことを、「古い文明国民のすべてに行きわたったほとんど無意識的な人間味の所産」と評していた。天白の強制収容所で極限状態に追いつめられたイタリア人たちの行動のうちにも、この「人間性」が、忘れていた記憶を思い出すように再現されているのである。

存在しない食べものをことばでつくりあげて「味わって」いた段階をへて、いかにしてより多くの実体のある食べ物を獲得するかという作戦に移行しだしたときは、まるで議会の審議のようだった。収容者のひとりが食糧庫の錠をあける鍵を発見したあと、全体で科学的な分析がなされた。通りがかりに見た箱には卵が何個入っているか？　それを何個盗めるか？　監視の特高は誰か？　盗んだあとの痕跡をどのように消すか？　小麦粉の袋を何個、油を何グラム、蕪を何個もち出せるか？

《争奪戦》

細かい計算をし、周到に準備した。この食料確保を仲間内で《争奪戦》と呼んだ。各自に役割が与えられ、配分も厳密になされた。そして子どもたちが大人の話を聞いてそれを漏らさないように、暗号が考案された。特高たちは《天使ちゃん》――この呼び方ははやくから使われていた――食糧庫は《小さな教会》、人参は《黄色》というように。

《争奪戦》は、むろん、危険な、勇気を要する行動だった。食糧庫は長い廊下にあり、野菜庫のほうは庭の物置で、屋根がなかった。夜間にそこに入りこむことは容易だが、出るのがむずかしいので、敏捷な若者たちが実行役になった。フォスコはこの最初の、決して忘れられない《盗み》について書いている。

小窓から飛び降りると、人参の山の上に落ちた。まるで金やダイヤモンド、ルビー、ウランなど、この世の最高の宝物のようだった。シャツの下に隠して、家族のもとに持ってゆくまえに、月明かりの下で一本食べた。神よ、許したまえ！ と、泥のついたままのその美味なる根菜を齧りながらつぶやいた。

そして何年ものちに、アウシュヴィッツから帰還した作家プリーモ・レーヴィの本を読んで、思うのである。

むろんアウシュヴィッツは天白とは比較にならないほどの恐ろしさだったろうが、いくつかの細部においては似ているところがある。たとえば、レーヴィは《戒律の一時停止》について語り、「盗むことは犯罪とは考えられなかった——ドイツ兵（ここでは日本兵だ）から盗むのは罪ではなかった。逆に押さえられたり罰せられたりせずにそれをすることは名誉あることだった」と言う。この観点に立てば、アウシュヴィッツと天白は同じなのである。

戒律とは、言うまでもなくモーセの十戒にある《汝、盗むなかれ》のことだ。さらに戦利品の活用にも最大の注意をはらった。畑に穴を掘ってそこで煮炊きをしたり、においを消すためにゴムを燃やしたりした。特高が来たら、靴底の修理をしていると言う打ち合わせをしておいた。

　また、争奪品の隠し場所も問題だった。一度は、トパーツィアが娘たちと寝る部屋の隅の天井板をはがして、豆の大びんを隠したことがあった。ところがある夜、大風が吹いて、天井板がずれ、びんの蓋があいて、天井から豆がバラバラと降ってきた。特高が目をさまさないかと震えあがったが、あまりのおかしさに、笑いをこらえるのが大変だった。まさに悲喜劇の舞台だった。だが、報復は厳しく、もしも見つかれば、全員が食事抜きの罰をくらうので、《争奪戦》に参加しない者たちはやめるべきだと言った。とはいえ、この《争奪戦》のおかげで、厳寒の冬を全員が生命を保持できたことはいうまでもない。

　また、フォスコをはじめ若い者たちは、夜に特高たちが入浴しているあいだに、二階から屋根伝いに降りて、詰め所でつけっぱなしにしておくラジオのニュースを聞いた。見張りを立てて、新聞を盗みだし、見出しだけをざっと読んで、元にもどすこともした。これも危険な行動だったが、これによって、おおよその戦争の進行状態がつかめた。だがトパーツィアをはじめイタリア人の多くは日本語を話せても新聞は理解できず、それができたのは、フォスコとM神父だけだった。最初はプロパガンダの日本語の新聞が与えられていたが、やがてそれもなくなり、情報はいっさい得られなくなっていただけに、貴重な情報源だった。

ハンガーストライキと《ユビキリ》

一九四四年七月一〇日のノートにトパーツィアは、仲間うちでハンガーストライキの話が出はじめたと書いている。みな限界に達していた。こんな精神状態でのハンガーストライキはあまりに危険ではないかとトパーツィアは危惧した。彼女はすっかり衰弱して目のまわりには隈ができ、神経はズタズタで、もうがまんできないのではないかという恐怖に襲われていた。

そして七月一七日、戸口に野良犬の糞が見つかった。トパーツィアによると、とても小さな犬で、つかまえて食べるつもりだったらしいが、犬は幸い置き土産をして逃げたのだった。収容者たちは糞には一切、関与していなかったが、特高たちは彼らがいやがらせにやったと決めつけて、全員に絶食を言いわたした（その後パン一枚）。藤田が狂ったようにイタリア人をののしりだした。その後、子どもたちには食事をさせ、仲間はトパーツィアにも食べるようにと言って自分たちは食事を拒否した。特高も彼女には食べさせようとしたが、彼女はみなが食べるまでは食べないと拒否した。二食、抜いた。

フォスコは犬の糞の件には触れずに、ストライキのことを次のように書いている。

一九四四年七月一八日〔トパーツィアのノートでは一七日〕、静かに粕谷（彼はすでに台所の火が使われていないことに気づいていた）に告げた。「あなたの親切なお心づかいには感謝するが、私たちはきょうは食事を抜き、今後も警察署長と直接話ができて、私たちの状況がせめて少しでも改善されるまで、食事をとらない」

このときフォスコはすぐに事態が深刻に受け取られたことを察した。粕谷が不吉な微笑を浮かべたまま、「ヨシ、イマニコウカイスルゾ」と言ったことをはっきりおぼえている。二時間もたたないうちに、名古屋警察署の武装隊がジープで到着した。全収容者が台所の前に集められて、アズミという隊長が、最大の侮辱のことばをイタリア人にむかって投げつけた。

「……何ごとであれ、おまえたちが、さらなる要求をするとは、恥を知れ……おまえたちはなんの権利もない……おまえたちを生かしておくだけでも大いなる譲歩なのだ、イタリア人は嘘つきだ、裏切り者だ……」

言うまでもなく、「嘘つき」、「裏切り者」という表現は日独伊三国同盟の同盟国だったイタリアが四三年九月に連合国と休戦協定を結んだことをさしている。そしてあのコンテ・ヴェルデ号をはじめとする自国の艦船の自沈という快挙も。

そしてこのあとにフォスコのユビキリ事件が発生するのである。彼が自著で引用しているトパーツィアのノートにこのことが書かれている。


一〇時一五分ごろ、粕谷がまた尋問に来た。するとフォスコは斧を取りあげて、薪割りをしていた角材の上で左手の小指を切り落とし、それを恐怖につかれた粕谷に突き出して叫んだのだ、「イタリア人、ウソツキデハナイ」恐ろしい光景にみな茫然となった。私は後ろから見ていたので最初は何もわからず、それから粕谷の顔つきでわかった。見ていた子どもたちがいっせいに金切り声をあげた。私はトーニを抱いて走ったが、気を失って、ピアチェンティーニが二階に運びあげてくれた。少したってから、サルヴァトーレが卵と砂糖とウォッカをもってきてくれた。ベンチが真っ青な、動顛した顔で来た。ヴィッラは目を剝いていた。サルヴァトーレは涙ぐみ、みなが、フジがフォスコを抱きしめたと言った。ワイルショットは子どものように泣いた。

フォスコが二階に来て、彼女がねぎらいのことばをかけると感激した。白人にも意地があることがわかっただろうと。特高たちも動顛して真っ青になっていた。日本でもめったに、よほどの理由でもないかぎりすることのない《ユビキリ》にすっかり衝撃を受けていた。フォスコだけ食事をして病院につれていかれた。ほかのみなは一二時すぎに食事の許可が出たが、警察署から担当者が来るまでと言って、それを拒否した。

このときにもイタリア人は全員が食事を拒否して、連帯の意志を特高に示しているのである。フジというのが、ラデツキーと綽名された藤田なのか定かでないが、藤田だとすると、単純な軍国主義者は外国人の大和魂に感激したのかもしれない。

フォスコは、粕谷の白い軍服が血まみれになったのをはっきりおぼえていると言って、次のように書いている。

この細部には魔術的な重要性があった。彼に清めを強い、事件の責任を彼に帰せしめたのだ。血と苦痛をもって自分に対して暴力をふるうということは、目上の者、もしくはそう自負する者に対して目下の者の誠実さ、道徳的責務を証明することであり、真に精神の衝動を表現するには、決闘の場合のように、一定の形式をとらねばならない。幸いそれが今回はすべて首尾よくいった。

このことばからも、彼の行動がたんなる怒りの衝動によるものではないことがわかる。決闘のように、形式と手順を踏んだ、効果的なパフォーマンスで、相手に《清め》を強いる。彼は西洋人の知識人である自分がひと昔まえの農民の一揆や直訴のような行為をすることに日本人の軍人が衝撃を受けるだろうと思っていたと述べている。彼は冷静に計算してこの行為におよんだものと思われるが、外国人らしい誤解もあるようだ。ユビキリといえば通常は小指をからませて約束をする行為であり、実際に指を切るのならば「指詰め」であるが、むろんこれは農民一揆や直訴における行為ではなく、ヤクザのすることである。彼の頭には武士の《ハラキリ》があって、それに準ずる平民や農民の抗議行動として自分の行為を《ユビキリ》と意味づけたのであろう。

それから厳しい尋問が始まった。イタリア人はまったく知らなかったが、数日前にサイパンが陥落し、一八日には東条内閣が総辞職しており、特高は、それとイタリア人収容者の抗議行動が関係があると睨んでいたのだ。実際はまったく関係のないことだった。特高はハンガーストライキの首謀者を割り出そうとしたが、そんな者はいなかった。生きのびようとする憐れな、飢えたる者たちの自然発生的な合意の行動だったのだ、とフォスコは言う。

フォスコの尋問の番になったとき、特高が「指はどこだ?」と訊いた。それは仲間のひとりが混乱のさなかにも冷静さを失わずにアルコールの小瓶に入れて保存していた。彼はそれを差し出して、こんどは、「どうぞ、スキヤキにでも」と言ったのである。彼がこう言ったのも、軽率な挑発行為ではない。前日、特高たちが、ハンガーストライキが自分たちの責任問題におよぶことでもあるのを懸念して、懐柔策を提示し、ついに自前でスキヤキの用意をして、イタリア人たちに、食えと言ったのだ。飢えて、しかもハンガーストライキをしていたイタリア人はそれも拒否していたのである。

あいにく、これもイタリア人たちは知らなかったが、そのころ連合国側が、日本兵が人肉を食べたという激しい新聞攻撃をしていた。フォスコのことばに特高は激昂して立ち上がり、彼の顔を殴って、「アヤマレ!」と言った。彼は冗談のふりをして、涙と鼻血を流しながら笑っていた。「ジョウダンダッタヨー」と繰り返したが、殴られつづけた。頭を下げるつもりはなかった。ついに特高は疲れたのか、冗談だったという言い逃れを聞き入れたのか、席についた。

ピアチェンティーニとベンチが連行され、ピアチェンティーニは三日後に、厳しい尋問の末、組織的蜂起ではないと証言して、よれよれの姿で帰された。ベンチは二週間後に、目はうつろ、頬がげっそりこけ、シャツが血だらけの幽霊のような姿で帰ってきたが、即座に、殴られたんじゃない、血は虱のせいだと言った。

「なんとたくさんの虱がいたことか! やつらが羨ましかったよ、ぼくは何も食べるものがないのに、やつらはぼくを食べていたんだからね……」

彼の尋問はピアチェンティーニの場合のように厳しくなく、要するに罰として拘留されていたようだった。食事は一日じゃがいも二個と水だけだった。みなは彼を抱きしめ、彼のために、誰かが隠しもっていた肉の缶詰が開けられた。フォスコは彼のようすを次のような書き方をしている。

彼は空腹の極限にあったが、まずは手足を洗い、髭を剃り、ぞっとするほど痩せて蒼白な顔をし、目は赤く、手が奇妙に震えながらも、下着からすべて着替え、染みひとつないシャツとズボンといういでたちで食堂におりてきて、きちんとととのえられたテーブルにつくと、肉の缶詰と彼のためにとっておいたわずかのご飯をがつがつ食べ、野蛮なうっぷん晴らしとなる場面をしゃれた宴席にした。そして、ときどき食事の手をとめては、人生について、とくに牢獄生活について、そして虱の生態について哲学的なうんちくをかたむけた……

フォスコは、先にも触れたように、凄惨な事実をも軽やかな、ユーモラスな筆致で再現する。解放から五〇年以上もへた時点での執筆であれば、彼の文体はできあがっていたのだ。

彼は自分たちの国では人が当然有している権利意識が東アジアの国では上から、外から与えられるもので、そうやって与えられたゆえ、かんたんに取りあげられるのだと述べている。彼らがはじめて配給分について権利を主張したとき、特高たちは鼻先で笑っていた。しかしいま、彼らは団結してハンガーストライキをし、フォスコの決死の抗議行動のあと、自分たちがふたたび以前の高揚した一体感を味わったことに気づいた。戦争の進行状態ゆえか、七月一七日のその《蜂起》ゆえか、たしかに彼らの立場がきわめて強くなった。配給分が目に見えて増えたのである。

とはいえむろん、相変わらず量はわずかで、一時的なものであったが、少なくとも一年間の動物同然の状態から一時的に精神と肉体を引き上げてくれる程度にはなった。トパーツィアの記録によれば、朝はパン半斤と味噌汁一杯――昼は一合未満の粉と玉葱、夜は米各自六五グラムとみなで分けるわずかな野菜。四時には最初に病院に行った日の帰りにフォスコが買うのを許された紅茶を一杯。その日、彼は子どもたちのために玩具ひとつと色紙も買ってきた。

栄養不足とビタミン不足のためにフォスコの傷口はなかなか癒着せず、それから四か月も特高が同行して病院通いをした。

トパーツィアの孤独

このころトパーツィアは、先にも触れたように、夫や親しい友人たちと知的な会話がなくなったと嘆いている。トーニとの会話では、その状態を「知的、人間的、心理的閉塞状態」と表現している。ノートには最初は英語で、それからイタリア語で、そんな「知的閉塞状態」について書いている。

「フォスコやビーノやベンチだけとでも話したいのに、彼らは心を閉ざして黙りこくっている――何マイルも遠い……飢えや心痛のせいか、それとも茫然自失と錆びた脳の野獣化？　私といえば、肉体的な弱さと知的刺激の完全な欠如。

この牢獄生活の最初の数週間——私たちがまだ《私たち》だったころ——のことを思い出す——食後の議論——台所での詩の朗読——柄杓を手にしたままの哲学的応酬……いまは、灰色のマントが全員を精神的にも肉体的にも窒息させているようだ。何日も情報はいっさいなく、ベンチはいない。フォスコは毎日病院へ行く——膿が少し出た——だが治療がひどく痛いらしく、ぼろ布のような顔で帰ってくる。ひどく具合が悪くて、それも苦悩を増加させている。

私は読書をしたり裁縫をしたりしていると、目の前に斑点が出る——昨日と一昨日は心臓の左上方に刺すような痛み。一時間ほどで消える——不思議なことに髪の毛がどんどん抜ける。保存用の缶詰が尽きた、ミシェリからまだ何も小包が届かない——それも終わりになったのか？　それが恐ろしい——私の執拗な要求で（あまりに危険だから）《争奪戦》は中止。それゆえ恐ろしいほどの飢え。残念ながら脚気は相変わらず——脚が痛く弱くなっている——目と頭が痛い、一〇か月間生理がない」

彼女のこの文章から、監禁生活の初期のころの仲間たちの高揚した雰囲気がうかがわれる。彼らはたんなる囚人ではなく、それぞれの選択で故国のファシズム体制に異議申し立てをしたのだ。それだけに結束も強く、つねに全体のことを考えて議論しあっていた。だがそれももはや失われたものとして彼女は想起している。飢えによる衰弱と目先の問題の解決のために仲間の結束が薄れて、かつての熱気はなくなってしまったと。フォスコがハンガーストライキと《ユビキリ》で、失われかけていた一体感を仲間がふたたび発見したと記しているのとは裏腹に、とりわけ衰弱がひどいせいもあったのか、周囲とは異なる心理状態にあったらしいトパーツィアは、その再発見したという高揚感も一時的なものとしか感じられなかったようだ。

フォスコの著書にはダーチャを除いて、小さい娘たちについての記述はほとんどないが、母は、これまで見てきたように、交代でかかる病気などについて細かに記入している。トーニが、このころ子どもたちは何をしていたかと訊ねると、母は次のように答えた。

「だんだん、あなたたちも飢えと窮乏のために貧血と脚気に悩まされるようになった。何時間も無言で遊んでいた。遊ぶといっても、ワイルショット夫人がくれた玩具とネエサンが送ってくれた色鉛筆だけ。それも紙がなくて使えなくなった。それとユキがもってきた古い白黒の熊の縫いぐるみ。わたしはフォスコが書いた詩をそのボロボロの縫いぐるみの中に隠したわ。あの縫いぐるみはどうなったのかしら?」

その縫いぐるみはその後どこかへいってしまったが、中に隠したいくつかの詩は救われた。

トパーツィアは娘たちのためにボール紙で玩具を作った。布の人形も作った。フォスコは腕をふるって木でピノッキオを作った。本は『ピノッキオ』しかなかった。

《ユビキリ》から一か月。直後の、衝撃ゆえの寛大さがやがて終わり、ふたたび配給分は半減した。一人当たり一日一合である。ふたたび飢え。誰かが穏やかに抗議して、改善。その後また減少。その繰りかえしだった。

フォスコの著書には心理描写は少ないが、トパーツィアのノートには随所に仲間同士や、とくにフォスコとの関係についての考察がみえる。ノートも終わりに近づいた一九四四年の八月一九日には、猛暑のあとのにわか雨に、すべてが浄化されたようだと喜び、自分が雨が好きなのは、故郷の、すべてを焼きつくす猛暑とシロッコ（北アフリカから吹く熱風）のあとの雨がやがて花々を咲かせ、収穫を約束するからだろうと書いている。フォスコは彼女の言う《距離を置いた私の冷淡さ》に抗しきれずに、作ったばかりの詩を見せにくる。とても奇妙な、強い、個人的な、印象的な詩だった。そして次のように書く。

「ヴェラ・ブリテンの『青春の遺書』を読んでいる――長ったらしくて文体は初歩的、分析的でドキュメンタリー的だが、とても誠実で、人間的で、なによりも実際の体験であるのがいい。主題はまえの戦争（自伝的）。とても印象的だったのは、人間のふたつのタイプが描かれているること。苦悩やさまざまな印象や衝撃のすべて、そして道徳的疑惑が、少なくとも表面的に人の性格を変えるということ。だが、主人公の女性をとても愛している姉妹や恋人がこの女性に対する態度を大いに変えるのに、彼女について、彼女が大いに変わったと思わないのだ。これが女性作家の特性なのだろうか？――おかげでフォスコのすべてがわかった。おおげさな言い方かもしれないが、気の毒に、いらいらして、かたくなに自分に閉じこもっているのだ。――彼のすばらしい情感が《凍りついている》ように思われる――ついにそれをビーノに話すと、彼は、そうではないと言う。フォスコは新しい詩ができると私に読ませに来る――そのときだけは少なくとも、まるでそうせずにはおれないと決心したかのように、目と声で私に接近する――私はきっとそうなのだと信じ、それをうれしく思う。きょう、彼が朗読するのを聞いた――朗読には私が必要なのだ――いまやそれが彼の唯一の表現なのだろうか？

夜が降りて思い出が立ちのぼる
星々が生まれ、時は死ぬ
目は原初のものを追い求め
夜の終わりは夜明けの光につづく」

そして四四年九月五日。

「私は三一歳になった――若さが奪われた気がする一年だった――悲しみ」

最後は、ノートに余白がなくなって裏表紙に、《イインチョウ》のタバコの吸い殻を巻きタバコにしていたが、彼のタバコも尽きた、フォスコは相変わらず病院通い、と走り書き。ここでトパーツィアの小さなノートは終わる。

10　東南海地震と名古屋空襲

アメリカ軍はサイパン、グアム、ティニアンを掌握し、日本本土の空襲を開始した。まずは一九四四年一一月二四日を皮切りに翌年三月一〇日の大空襲をふくめ一〇六回も攻撃された東京、そして一二月一三日午後から名古屋空襲が始まった。天白寮のイタリア人たちは防空壕に逃げ、工場や名古屋市街が燃えあがるのを震えながら眺めた。

そこへ一二月七日午後一時三六分、東南海大地震が発生。昼食時だった。床や壁が揺れ、たちまち漆喰やガラス窓が粉々になった。フォスコは妻と娘たちをかかえるようにして、外に出た。幸い天白寮は四隅に台風対策の太い鉄筋を張り巡らせてあったので、マグニチュード7・9の揺れに船のように揺れはしたが、持ちこたえた。揺れがおさまったのち、収容者たちは何百メートルもの高さから落ちて奇跡的に助かったかのように、大笑いしだした。

クリスマスも新年も何もなかった。恒常的な飢えと寒さ、頻発する余震と空襲、情報のない隔離状態という敵に襲われた惨めな年だった。特高たちも疲れて苛立っていた。唯一のプラスの局面は、共同体がふたたび結束をかためため、口論や羨望やいさかいがなくなったことだとフォスコは書くが、これも、先に述べたように、トパーツィアの心境とは隔たっている。

特高たちが入浴をしているあいだにざっと読む新聞で、わずかながらイタリアのことを知った。フィレンツェが「無防備都市宣言」をしたことを知った。またのちに誤報とわかったのだが、フィレンツェ最古のポンテ・ヴェッキオ橋が爆破されたというニュースに、フォスコは仲間とともに怒って、泣いた。そしてパレルモ、ミラーノ、ローマの爆撃。

空襲が再開された。四五年三月一〇日の東京大空襲のあとは、名古屋だった。三月一二日、一九日、二四日、五月一四日、六月九日、そして最後の七月二六日の空襲で名古屋は瓦礫の町と化した。毎晩九時にサイレンが鳴り、収容者たちは防空壕に走った。イタリア人にとって三月二四日の空襲が最悪だった。このとき天白寮のある名古屋東部が破壊されたのだ。彼らの寮の近くにも爆弾が落とされた。だが、B29の隊列は彼らのすみかに爆弾を落とさずに頭上を飛び去った。仲間は、アメリカ軍はイタリア人がそこにいることを知っていたのだと信じ、「アメリカ、バンザイ」と叫んだ。

フォスコは書く。

……夜が明け、何時間も神経の緊張を強いられた収容者たちは、一二月の地震でぐらぐらになった階段をのぼって部屋にもどった。空気には煙と焼けた人体のにおいが混じっていた（このときの死者は二四〇〇人ほどだった）。階段をのぼるとき、ダフニ〔ダーチャ〕が窓辺に立っているのが見えた。その窓からまだ燃えている町がはっきり見えるのだった。女の子は、立ったまま、黙って、谷間を見ていた。「ドウシテ、パパチャン、ドウシテ？」と何度も繰りかえした。

このときの空襲のことはトーニもはっきりおぼえていて、ダーチャがはげしく泣いていたと言っている。
この空襲の光景はダーチャの記憶に忘れがたく刻まれている。『帰郷　シチーリアへ』で書いている。

砲弾の炸裂するあの不気味な光を忘れることができるものだろうか？　昇ったらよいのか降りたらよいのか、じつは自分でも決心がつかない、というようにゆるゆると落ちてきためくらめく光の玉、そのために煌々と明るかった空。……爆弾の口笛が大気を引き裂く。と、ほどなく、遠くに落下音。わたしは危険な爆弾と比較的安全なそれとの見分けがつくようになった。そしてその日限りの、一本の綱の上にある生存だけを考える人間の凶暴さで、近隣の町の夜空をいろどるメリーゴーランドを楽しんだ。いずれわたしたちの夜も明るくいろどられ、寝床から防空壕へ突進するあいだにも、殺人鬼と化した破片がなま暖かな大気をぬって蠅のように飛び交うことを、わたしは知っていた。

そして『神戸への船』の一節。

……いまでも目を閉じるとそれらの戦闘機が見える。低く飛んでいる。臨月のお腹の大きなアヒルのようにのろのろとぶざまで黒っぽい。そんなふうに私はそれらを名古屋の強制収容所の空の間近に見た。そのお腹の中には卵が入っていて、これから出てきて、人びとの頭の上に黄身を吐きだすのだ、と私はつぶやいた。私にはほんとうにそれらの卵がお腹から出てきて、ひとつまたひとつと地上のほうにするすると落ちてくるのが、明るい空を背景にしてはっきりと見えた。だが、卵の殻が割れるのは、やわらかくておいしい黄身をぶちまけるためではなく、鉄の小さな怪物と炎を吐きだすためで、それらは射程内にいるすべての人たちを傷つけ殺した。私は何度、防空壕がわりの穴に隠れるために走りながら、頭上に、シュルシュルという爆弾の破片の音を聞いたことだろう！　夜中に並んで飛んでゆくエンジンの音、それはまだそこに、私の耳のなかにある。それは恐怖の音だった。

この空襲の光景がダーチャの原風景であろう。雪と松の木のにおいのする家があった札幌、いじめられても追いかけて仲良くなった友だちのいた京都の記憶は、この空を焼きつくす空襲の記憶に塗りつぶされたであろう。そして空腹。「ドウシテ、パパチャン？」と繰りかえし問いながら谷間を見ていた少女は、それらの戦闘機をアヒルのようだと思い、その大きなお腹からおいしい卵が吐きだされるのではないかと思ったのだ。正月の特別食として一六人の収容者に四個だけ与えられた卵が空から降ってくるのではないかと。

五月一四日の、一家が天白にいるあいだの最後の空襲のときフォスコは、まさに天白の上空でB29に体当たりした特攻機を目撃した。空中に真っ赤な炎が上がり、巨大な戦闘機の翼が切断されて、枯葉のように地上に墜落しだした。そして爆発した。中の爆弾や機器や人体がゆるゆると落下した。そのとき町じゅうから、異様なまでの力強さで、「バンザイ！」という叫び声があがった。

一九四四年の九月五日でノートが終わっている理由をトーニに問われて、トパーツィアは、「事態がますます悪化したから」と答えている。

みなすっかり衰弱して、肉体だけではなく精神も極限状態だった。彼女のノートに書かれていない時期が最悪だったのだ。紙が尽きたせいもあったが、なによりも書く意欲がなかった。四四年の大雪と寒さと飢え。夜ごとの空襲とあの大地震。目の前で地面が割れるのを見た恐ろしさ。それでもお腹をかかえて笑うこともあった。ノートに書かれていないことを彼女は記憶をたぐり寄せながら語る。

彼女はサイレンが鳴るたびに、パスポートや薬などの貴重品を入れた小さな鞄をかかえもった。すでに何回も余震がつづいてほとんど眠れなかったある晩、また大きく揺れて、急いで外に出ると、地鳴りがして、炎が上がっているのが見えた。そして空襲警報が鳴った。だが動けなかった。鞄をかかえたまま、棒立ちになっていた。フォスコに呼ばれたが動けなかった。それから二人で顔を見合わせたまま、ふいに笑い出した。涙が出るほど、お腹をかかえて笑いに笑った。いつまでも狂ったように笑った。あまりの恐ろしさにそんな反応しかできなかったのだ。

そして空襲。高台にある天白寮からは名古屋の市街が燃えるさまがよく見えた。町は溶けてゆくチョコレートの塔のようだった。人びとが町の外へと流れていた。叫びや泣き声まで聞こえた。

戦後すぐに東京で、このときの戦闘機に搭乗していたというアメリカ人操縦士の一人に出会った。彼は、国籍はわからないが町の郊外に捕虜収容所があることを知っていたので爆撃を避けたと話し、操縦士のバッジをくれた。

11　広済寺

山羊のこと

　一九四五年五月のある日、収容者たちは粕谷に先導されて、挙母《ころも》の先にある曹洞宗の古刹、広済寺に移送された。理由は説明されなかったが、地震の被害がかなりひどかったせいだと思われる。想像に反して、着いた先は由緒ある立派なお寺で、樹木の繁る境内と周囲の田畑と山や川を見て、フォスコは歓喜した。

　マライーニ一家に与えられたのは、長方形の奥の間で、四面の大きな襖には一七世紀の作らしいすばらしいアオサギと花々の絵が描かれていた。フォスコは寺の由来や立派な構造と美しい装飾、三世代の住職一家、台所の竈や囲炉裏のことなどについて詳細に記している。なんとか住職一家と親しくなって、畑仕事や薪割り、英語のレッスンなどをして、いくらかでも食料を確保しようとしたが、一家はよほど特高に厳しく禁じられていたらしく、ことばをかけられるのを避けた。それでも、住職の孫娘とダーチャは年が近かったこともあり、仲良くなっていっしょに遊び、特高も黙認した。

筆者は、加納俊治氏という豊田市の和紙工芸作家の夫人になっておられるこの啓子さんと、ご主人の作品展があった東京の三越でお会いしたことがある。ダーチャの本を翻訳したと告げると、たちまち目を潤ませて、いっしょに遊んだことなどを話してくださった。そのなかで印象に残っているのは、住職夫人が、子どもたちに同情して、本堂の祭壇にお膳を供えるとき、ダーチャたちを呼んでお経を唱えさせたあとで、お膳のご飯を食べさせたということだ。「お線香くさかったでしょうけれどね」と言って笑っておられた。「トパッチャさん――と彼女は言う――はびっくりするほどきれいな方でしたよ」とご主人とともに言われた。

名古屋警察署内での配置換えゆえか、やがてヴァレンティーノこと粕谷は姿を消した。後任の男は日中は寝てばかりいて、夜は町の居酒屋に出かけていった。その男もやがていなくなり、凡庸な《ジュンサ》たちが来た。名古屋警察全体が、指針を失ったようだった、とフォスコは言う。

ここで、一家がその後しばしば思い出す山羊のことに触れておこう。

ある日、娘たちにとっての必需品である牛乳の配給ができなくなったので、山羊を与えると言われた。「これは日本帝国政府の所有物であることを忘れるな。それゆえ利用してもいいが、虐待はならない。それにこれは市場に出す価値のある家畜である」というお達しだった。むら気で痩せているものの、白い長い毛をもつこの、ご立派な政府のご立派な動物を子どもたちはすぐに可愛がり、家族同然になった。

この山羊についてフォスコはこれ以上のことを記していないが、トパーツィアはトーニに問われて、異なる答え方をしている。

彼女の記憶では、山羊は広済寺ではなく天白寮で与えられた。しかも《ユビキリ》のあと、フォスコの勇気を讃えて日本政府から贈られたのだという。山羊はじつは子づれだったが、子山羊はすぐに食べられてしまった。「私は何も言えなかった」と彼女は言う。母山羊だけ、みなといっしょにトラックで運ばれた。子を奪われた母山羊はしきりに啼いていた。母山羊の運命の最期についても記憶が混乱しているが、ほかの収容者によれば、戦争が終わった日に、もはやお役目ごめんとなって、食べられたのだという。彼女はずっと、「山羊は殺さないで、子どもたちのだから」と言いつづけていたのをおぼえている。

彼女も山羊に草を食ませるために子どもたちと野原に出ることがあった。当初は寺から数百メートル以上は絶対に離れてはならないと言われたが、いまや収容者たちは、フォスコの言い方では《牢獄の古狼》であり、警官たちも規律がゆるんで、なにかと見て見ぬふりをするようになっていた。農民出身の多い警官たちは本能的に事態を把握する才覚があり、やがてイタリア人と日本人の立場が変わることを見通していたのだろう。またトパーツィアが子どもたちをつれて歩いていると、農婦たちが遠くから声をかけてきた。

「元気ですか？　待遇はどうですか？　お嬢ちゃんたち？　かわいそうに、かわいそうに」と言って、卵などの食べ物を地面に置いて立ち去った。

フォスコもトパーツィアもこのときの農婦たちの親切さが身に染みたと述べている。男たちが戦争にとられて、苛酷な野良仕事をして家と農地を守る女たちが、収容された敵国人、とくに幼い子どもたちに同情してくれたのだ。

フォスコが広済寺とそこでの生活について感動的に書いているのとちがって、トパーツィアはこの新たな収容所生活を精神的に劇的な変化のあったときだったと言う。その理由をトーニに問われて彼女は、この収容所生活の最後の時期は一種の無気力状態だったから、と答える。彼女はすでに天白でのノートでもフォスコをふくめた仲間たちの状態を嘆いているが、トーニに追及されて次のように答える。

「……最初のころは全員のあいだに連帯感があった。それからしだいに事態は悪化した。いつも飢えて、衰弱していたからでしょう。グループとしての熱っぽい行動と共通の議論は終わってしまった。なんでも話しあっていたのが、奇妙な心理的な分散と屈折にとって代わられた。各自が自分にできることだけをした。ひとりで隠れて食べたりして」

トーニとユキも自分たちの分が仲間の誰かにくすねられたことをおぼえている。広済寺での生活の記憶はフォスコとトパーツィアでは大きく異なっており、ときには対立するほどだ。聞き手のトーニは、二人ともそれぞれの記憶をずっと一人で練り上げてきたからではないかと言う。両親は日本から帰って一〇年ほどで離婚したから。トパーツィアのことばに耳をかたむけてみよう。

「私は、自分が失われた、不在の、もう自分ではない人間のような感じがしていた。奇妙なことだけれど、自分をまるで外から見るように見ていた。また脚気がぶりかえし、関節という関節が痙攣して、それがまるで頭にまでのぼってくるようだった。極度に衰弱して、自分が空っぽな感じがした。ほんとうに虚脱状態にあったのでしょう。お寺のなかで私は孤立していた。与えられた部屋は寒くて陰気で、がらんとして、暗かった」

フォスコが感嘆する一七世紀のみごとな襖絵にも彼女は心を動かされず、部屋は「寒くて陰気で、がらんとして、暗かった」と言う。

「ほかの人たちはこの時期をちがう精神状態で過ごしたのでしょう。フォスコは山羊に草を食べさせるという口実で外に出て、失意のときにいつもそうするように、自然のなかに慰めを見出していた。最近になってわかったのだけれど、フォスコとピアチェンティーニは夜中にこっそり抜け出して農家で食べ物をもらったのですって。私はお寺では椅子がもらえたことをおぼえている。ああ、ほんとうに久しぶりに背中をもたせかけられて楽だった！　それとミシン。シャツを縫って、代金がわりに食べ物をもらったの」

親切な警官の一人にシャツの修理を頼まれたのがきっかけで、新しいのを作ることになったのだ。持ってきた荷物のなかに使うことのなかった麻のシーツがあったので、それでロシア風のハイカラーのシャツを五、六枚仕立てて、食糧と交換した。虱を移されないように、信者たちの集まるお堂には出ていかず、暗い部屋でシャツを縫って過ごした。心は空っぽだった。戦うことを放棄した感じがした。お寺の家族は親切で、子どもたちを庭で遊ばせてくれたが、彼女はそれを眺めるだけで、子どもたちと遊んだり、景色を楽しんだりするエネルギーはなかった。あそこでは、ほんとうに自分は囚人だと思った。

収容生活の最後の時期を彼女は最悪の精神状態で過ごしたようだ。飢えと監視の極限状態をへて、解放への兆しが感じられ、住職一家の人間性にも触れることができるようになって、逆に彼女はほかの収容者たちから孤立した――と彼女が感じた――心境にあったのである。もっとも、フォスコも含めて、ほかの収容者たちの心境も必ずしも彼女が感じたようなものではなかったのかもしれない。ただ、他の収容者たちとちがって、家族で、夫婦で生活していたなかで、夫との心理的な離反をかかえていた彼女が誰よりもこの最後の時間を耐えがたく感じたであろうことは推察できる。

原爆投下そして終戦

八月の初め、広済寺から遠くない別の収容所の、インドネシアから送られたオランダ人捕虜のひとりが監視網をくぐって来て、広島の原子爆弾投下を告げた。小宮まゆみ氏が『御茶の水史学』の「太平洋戦争下の敵国人抑留」という論文で引用している外務省外交資料館所蔵の「在本邦敵国人関係」によると、彼らは愛知県西加茂郡石野村の抑留所に抑留された女性、子どもをふくむ六家族の計二一名のオランダ人である。住友通信工業に雇われていた機械技師で、四五年五月二五日付で東京から送りこまれたらしい。多くが高度な技術をもつ技師で、精巧な受信機を組み立て、特高の監視をかわして、戦争末期の情報をえていたのである。

原爆の話は恐ろしかったが、実際はどういうことなのか見当もつかなかった。農婦たちは周辺一帯の家畜がみな流産したと言った。人びとは放射能の危険性を知らされていなかった。多くの日本人が援助や治療や捜索のために広島に駆けつけ、誰も放射能のことを知らないままに被曝した。日本が負けつつあることは知っていたが、何がどうなっているのか、まったくわからなかった。そしてロシアが日本に宣戦布告をしたというニュースにはじめて、戦争終結の実感がわいた。

そして八月一五日、村から少年が駆けてきて、天皇のラジオ放送があると伝えた。特高の一人は「死ぬまで戦え」と言うのだろうと言った。放送が始まっても、天皇の独特な宮中ことばは特高たちも広済寺のだれも理解できなかった。やがて日本語が堪能なM神父が「戦争は終わった！」と叫んだ。みな驚き、呆然としていた。特高たちは最初は信じたくなかったようだが、それから頭をたれた。そして、さんざん横柄にふるまったのに、自分たちに不利な証言をしないでくれと頼みだした。彼らは恐れていた。だが寺の家族の反応は異なっていた。収容者たちに食べものをふるまってくれた。冷静に敗戦を受け止めていた。

ある日、連合軍がラジオで、飛行機から見えるような目印を収容所の周辺に置くようにと伝えた。トパーツィアは緑色のワンピースをほどき、シーツを赤く染めて、イタリア国旗を作った。愛国精神など一度も意識したことがなかったのに、われながらふしぎなことだった。やがて偵察機が来て、山のような物資を落としていった。広済寺には一〇〇人分が投下されたが、イタリア人とオランダ人をあわせても四〇人ほどだったから、ありあまるほどだった。確保した物資を集めて数えてみると、収容者——いまや元収容者だ——一人につき、靴三足、ジャケット三着、シャツ六枚、そして山のような缶詰とタバコがあった。子どもたちは板チョコを手にして「この黒いものは何？　食べられるの？」と訊いた。たくさんの歯ブラシやチューインガムなどもあった。

周辺の農民たちは立派だった。森に落ちた靴などをいくつかはくすねたかもしれないが、あくまでも、欲しいものがあれば米と交換してくれとやってきた。米はもっとも栄養分の高い食糧であったから、収容者たちは喜んで彼らの望むものと交換した。逆に特高たちには辟易した。とくに、大声で収容者たちを怒鳴りつけていたラデツキーこと藤田は、数か月間姿をくらましていたのが、最後のころにふたたびあらわれて、いかにも卑屈な態度で、靴と上着とタバコをくれと言ったのだ。フォスコは「二度と姿を見せるな！」と言って、望みの物を与えた。

フォスコは日本人の反応に驚いた。まずは住職が「あなたがたの勝利を祝して」と、元収容者を何回かに分けて、客間で赤飯を供してくれたのだ。日清戦争と日露戦争、そして一九三七年にふたたび中国、そして一九四一年から《鬼畜米英》と激しく戦った日本人が、こうして敗戦を迎えて、元敵国人ににこやかに赤飯をふるまう。理解できないことだった。そのときは広済寺が仏教の寺院で、住職が平和主義者ゆえだろうと無理に理解したつもりだったが、のちにそれでは説明がつかないことに気づいた。住職一家の行為は仏教徒ゆえではなく、日本人ゆえなのだった。

その後数週間のあいだに同様の話を無数に聞いたが、その最たるものが東京であったと聞いた。GHQのある第一生命館からマッカーサー元帥が昼食に出ると、老若男女の日本人が道の両側に並んで、「アオイメノショウグンサン、バンザイ」と叫んだのだ。

イタリア人の友人たちは、それは日本人の典型的なプラグマティズムの表明なのだと言い、フォスコも彼らに同意しつつ、そんなコンテクストのなかのプラグマティズムとは何を意味するのかと考えずにはおれなかった。彼は次のように分析する。

ヨーロッパ人にとってアメリカ生まれのプログマティズムは便法もしくは諦観という低次元の哲学で、いってみれば、「星はとても美しいが遠くて無益だから、われわれは地上の近くにいよう」というものだが、日本人にとっては、それは神秘性を帯び、世界の息づかいや鼓動に従う本能を真の英知として提示するのであり、ミクロの世界を大宇宙と一致させる。つまり、事実はつねに正しい、戦争は最高のスポーツのようなものだ。勝利はあなた方の優位性を示した、それを受け入れないのは愚かで無知で盲目な者だろうというわけだ。それゆえ勝者への「赤飯」は最高の英知、事実との折り合いであり、可視と不可視の両領域の調和なのである。

フォスコは、天白でのことは思い出しても不快なばかりだが、中部イタリアの古い修道院を彷彿とさせる魅力をもつ奥ゆかしい広済寺では、みな生まれかわったような体験をした、まるでモーツァルトの音楽のように喜びに満ちていたと、やや大げさな言い方をしているが、この感慨も、先に記したように、トパーツィアの精神状態とは大きくずれている。

解放

八月の末に、名古屋市が送り込んだトラックが到着した。すっかり親しくなっていた住職一家が涙ながらに見送ってくれた。彼らの公式の解放は、一九四五年八月三〇日である。

　イタリア人収容者たちは東京で、英雄扱いをされた。トパーツィアは自分が英雄だなどとはまったく思わなかったが、収容中、断じて犠牲者と感じることを拒んだ。すべては自分の選択の結果だった。そしてほかのみなとともに、自分たちは正義の選択の《殉教者》だと思っていた。

　トーニとダーチャの著書に、解放直後に東京で撮った一家五人の写真が入っている。全員がまだゴム草履をはき、娘たちは何度も裾を伸ばしたらしいワンピースを着て、何とも悲しげな顔をしている。前髪を切りそろえて、まるで当時の写真でみる敗戦国日本の子どもたちだ。そして翌年五月、帰国途上のパリでの写真では、全員が革靴をはき、トパーツィアとダーチャは帽子をかぶり、それぞれがおめかしをして、すっかりヨーロッパ人の一家になっている。

12　再会と帰国

　フォスコにとって理解しがたい日本の占領時代がはじまった。玉砕をものともせず、植民地の人たちや捕虜に虐待のかぎりを尽くしていた日本人はアメリカ人の報復を恐れていた。それゆえ鬼畜と叩きこまれてきた占領軍が日本に上陸すると、人びとは家に閉じこもり、息をひそめていた。アメリカ兵のほうも、あまりの静けさに不安をいだき、日本人がどこからか「バンザイ」と叫んで襲撃してくるのではないかと恐れた。

　ところが占領軍の上陸から二週間もすると、フォスコの言う《魔法の瞬間》が訪れた。元敵同士が双方の恐怖が根拠のないことだとわかったとたん、友好的な態度に一変したのだ。ほかの国々では反対者がすぐに地下にもぐって、抵抗が始まるのだが、日本ではそれはなかった。天皇がみずから臣民に武器を置けと話した、この国では天皇のことばは絶対なのだ。占領側にとって、近代の世界史におけるもっとも平穏で成功した占領が開始した。焼け野原となった東京の瓦礫のあいだのあちこちに、はやくも人々の植えたサツマイモが生えていた。

　マライーニ夫妻はアメリカ軍の配慮で、帰国までの生活費を稼ぐ臨時の職を見つけた。一〇月三〇日から翌年二月八日まで、トパーツィアは審美眼を買われて、ＡＥＣＰＯ（米陸軍中央購買局）に、日本の芸術作品を評価する顧問役として雇われた。フォスコもアメリカ第八軍の連絡士官として通訳などの仕事についた。

宮沢弘幸との再会

彼の事務所にある日、「宮沢レーン事件」の犠牲者の宮沢弘幸が訪ねてきた。フォスコは彼のあまりの変わりように、最初は誰かわからなかったが、やがて二人は涙ながらに抱きあった。二六、七歳のはずの宮沢はまるで四〇歳か五〇歳に見えた。精悍で美男子だった顔は黄ばんでむくみ、不健康そのものだった。フォスコに問い詰められて宮沢は語った。

ひどいことだった。自分でもどう生きのびたのかわからない。最北の網走の刑務所はひどかった。恒常的な寒さと湿気と飢え。何度死にたいと思ったことか。でたらめなスパイの嫌疑をかけられて、茶番の裁判で一五年の拘禁が決められた。あらゆる権利を奪われ、孤立させられた。そしてやがて、それが大学の他の学生たちへの警告、脅しであることがわかった。戦争が終わって、刑務所は空っぽになり、自分も逃げた。自由のありがたさを感じたが、こんなになってしまって、自由が何になるか。

フォスコはすぐに総司令部にかけあって事情を話し、損害補償をさせようと申し出たが、宮沢は、もうどうでもいい、できたら療養所に入りたいと言うだけだった。フォスコはその足で事務所にもどって上官に話し、担当の責任者に電話をしてもらった。責任者は、宮沢の名前はすでにリストから知っていたが、札幌の住所しか記されていなかったので、収監されている刑務所が特定できなかったと言いつつ、すぐに軍の病院を手配した。しかしこの病院はお役所仕事の壁で宮沢は入院できず、自宅近くの日本の病院に入った。彼は一進一退を繰りかえしたが、フォスコがなによりも心配したのは、彼の精神状態、意欲の欠如だった。あれほど好奇心にみち、向学心に燃えていた彼はいまやすっかり抜け殻のようだった。フォスコは宮沢との再会について、『家、愛、宇宙』のなかで「破壊された東京、破壊された友」と題して、一章をもうけている。

マライーニ一家が帰国することになって、この懐かしい友人と別れることになったとき、フォスコはそれが最後の別れになるとは思いもしなかった。フィレンツェに着いてほどなく、宮沢の妹から、兄の訃報が届いた。

一九八六年、国際交流基金賞を受賞したフォスコは来日したさいに、結婚してアメリカに住んでいた宮沢の妹、秋間美江子と再会した。彼女は翌年七月九日に札幌市共済ホールで行なわれた「国家秘密法に反対する市民集会・宮沢事件の真実」の集会にもアメリカから参加した。集会の最後に、フォスコがフィレンツェから寄せた「宮沢弘幸さんの思い出」というメッセージが読み上げられた。フォスコは、「宮沢レーン事件」がふたたび社会の関心を集めていることを喜び、次のようにメッセージを締めくくっている。

……彼は非常に聡明かつ博学で、西洋文化を吸収しようと外国人とつきあっていたが、かたくななほどの愛国主義者でもあった。彼は断じてスパイではない。彼の自由な性格が立場を危うくしたのだろう。官憲と対するのに必要な控えめで従順な態度を拒否し、まっすぐ顔を上げて尋問に答えたのだろう。彼は、反逆者ではなく、吉田松陰のように、勇者として記憶されるべきである。

帰国

帰国の噂が出はじめたころ、フォスコは日本を離れがたく思うようになっていた。研究への未練はもちろん、故郷にはいまや母親はなく、不和であった父親との再会も気が重かった。だがトパーツィアは日本に留まることに断固反対した。フォスコは、彼女は、女性の多くがそうであるように、自分たちの家をもって、定住したい気持ちもあったのだろうと推察しているが、彼女の生き方は必ずしも多くの女性のそれと一致するものではなく、なによりも、子どもたちはイタリアに帰るべきだ、このまま日本にいては、アイデンティティの不確かな根無し草になってしまう、ということであったのだろう。

また彼女が言うように、実際的な問題もあった。このときのアメリカの大西洋横断客船を逃せば、いつまた乗船できるかわからず、自費で帰国となると、家族五人にくわえ本の詰まった木箱四〇個に貴重なアイヌ関係の資料一二箱は大変な出費になるだろう。こちらのほうはまったく思いがけないことに、イタリア大使館が自分たちの積み荷として引き受けてくれることで解決した。

一九四六年五月、横浜港で、多くのイタリア人、フランス人、オランダ人、北欧の人たちとともに一家は船上の人となった。宮沢家の人たちをはじめ、友情で結ばれた多くの日本人と別れの挨拶をした。

収容所から解放されてすでに一年以上にもなるのに、娘たちはいまだに小石や小さな貝殻を魚や野菜や鳥などに見立てた遊びをつづけており、彼女たちの荷物には米の入った袋がしっかり隠されていた。それを取りあげようとすると彼女たちは獣のような金切り声をあげ、結局イタリアまで持ち帰った。

東京の病院で生まれて、日本を去るとき五歳だったトーニは書いている。

大西洋横断旅客船が岸を離れて、日本の陸地がだんだん遠くなっていったのをよくおぼえている。出航まえの混乱と歓喜のなかで、誰も、水平線に消えてゆくその国で生まれた私がなぜその国の人間でないのか、きちんと説明してくれなかった。みな帰国の喜びに沸いていた。私は《帰国》の意味がわからなかった。わかっていたのは、自分が知っているすべてから、自分が生まれた場所から《出発》しようしているということだけだった。その別離は胸を引き裂くものだった。この世の終わり、その後、何年も心を引き裂く別離として夢にみた切断だった。私の記憶では海は荒れて、空は暗かった。だが父は、よく晴れた明るい日だったと言う。記憶の不思議だ。私はそれを別れの色で描いていたのだ。日本には、その後いちども戻っていない。

来日時の航路とちがって、こんどは太平洋を斜めに横切ってパナマまで二〇日間、さらに北に向かって大西洋を斜めに横切る一五日間の船旅だった。来日したときはダーチャひとりだったが、いまはトパーツィアの言う《花束みたいな三人娘》になっていた。船の中で、三人の子持ちの反ヴィシー政権の若いフランス人外交官一家と親しくなり、五歳から一二歳の六人の子どもたちも仲良くなって食事も同じテーブルでした。どの子もみな母国語のように日本語で話した。

船酔い気味のトパーツィアを船室に残して、フォスコは一日じゅう、海を眺めていた。苦難のあとの休息の船旅。だがこのとき彼はよもや娘がアメリカ水兵に追いかけられたとは思いもしなかっただろう。娘も親に話さなかったのだろう。

作家は『帰郷　シチーリアへ』の冒頭に書いている。

一九四七年、わたしははじめてバゲリーアを見た。パレルモ経由で着いた。パレルモまではナーポリから船で、そしてさらにそのまえは東京からの別の客船、大西洋横断客船で到着した。

収容所と戦争にあけくれた二年。魚雷の仕掛けられた海上の船旅。魚雷に当たった場合にそなえて、毎日、甲板で腰に救命具をつけて順番に海に飛びこむ訓練があった。

この船での小さな写真が残っている。吹きさらしの甲板の一部と、痩せた脚に花柄のワンピースをはためかせた少女が写っている。わたしだ。金髪の短い髪はほとんど白に見え、赤いテニスシューズをはいて、アメリカ人将校と手をつないでいる。

アメリカ人の船員にはとてもかわいがられた。……そのひとりが度を過ごして、若い長い足で四階まで駆けのぼると、ついてこさせたわたしを自室につれこんだ。六歳だという自分の娘の写真を見せてから、わたしの膝を撫ではじめた。わたしは脱兎のごとく逃げ、彼のあとについてのぼってきた階段を、転がるように駆けおりた。このときわたしはおぼろげに、父性愛というものを理解した。とてもやさしく、同時にみだらな、とても横暴で、繊細な愛だ。

フランスのル・アーヴルではじめてヨーロッパの戦禍を目の当たりにした。なかば沈没した船、爆弾でひん曲がって、錆びたままの鉄板、見開いた眼球のようなハッチなどが港を埋めつくしていた。建物の修復がはじまっていたが、残骸のままのものもあり、ガラスのない窓が青空を長方形の枠で切り取っていた。

パリはほぼ正常の生活にもどっており、フォスコはダーチャにノートル・ダム寺院を見せにつれていった。ゴッタルド峠のトンネルでアルプスを越え、ついに故国に入り、イタリアの最初の戦禍を見た。フィレンツェまでの汽車の旅は長くて最悪だった。そしてついに父アントーニオの家に着いた。長い確執のあとの再会だったが、門の前に迎えに出ていた父親と息子は静かに抱きあった。

そして秋になり、一家はシチーリアへ出発した。フィレンツェからローマへの直行の鉄道はまだ修復中で、ローマからさらに南イタリアへ行くにはあちこちで乗り継いで大回りして行かなくてはならないのと、いつものように荷物があまりに多かったので、《八馬力―人間四〇名》

という赤ペンキの文字の剝げかかった無蓋の貨物車に一家全員が乗ることにした。ほかの乗客はほとんどいなくて、子どもたちにとって、秋の太陽と風をもろに顔にうける、お祭り騒ぎの楽しい旅だった。

ローマからナーポリへはバスに乗った。世界をほぼ半周して無事にイタリアにたどりついたフォスコの貴重な資料の入った鞄のひとつがあやうく、その名も高き悪魔の手をもつナーポリの泥棒に盗まれかけたが、痩せて、まだ幼い少年泥棒の腕にその鞄は重すぎて、事なきをえた。パレルモまでは、わずか八〇〇トンのおんぼろ汽船だったが、このご老体はその夜の大嵐にも右に左にたくみに波乗りをして、乗客全員が吐きつづけるなか、無事、港に着いた。そして着いた先には、エンリーコ公爵のさしむけた車が待っていた。

ヴァルグァルネーラ館では公爵は瀕死の状態にあった。放置していたマラリアから肝硬変を発症し、あんなに背の高い頑健な肉体がすっかり縮んで小さくなっていた。一方、ソーニア祖母は鮮やかな紫色のシルクのドレスに真珠をちりばめたハイヒールをはき、指にはいくつもの指輪をはめてあらわれ、「みんな元気そうね……」とにぎやかにフランス語で迎えた。依然としてイタリア語を話さないのだった。

フォスコは豪華なバロックの館を見まわしながら、一〇年まえにチベットから帰ったときのことを思い出した。公爵夫妻は留守で、色黒で悪魔に魅せられた魔女のような暗い、大きな目の、スペインとシチーリアの混血の老女中が、六か月ぶりで再会した若い夫婦に、公爵のダブルベッドで帰宅のお祝いをしなさいと囁いたのだ。二人は一昼夜ベッドインして夢うつつの至福をあじわった。魔女がときどき、何やら媚薬効果があるという料理を銀のお盆にのせて入ってきて、「楽しみなさい、こんなお祭りは人生でそうあるものではないから」と二人を励ましたのだった。

いまやその豪華な寝室の入口では不吉な死神が待ち受けていた。

ほどなく公爵は死神に連れ去られ、その地では異様な無神論者の葬儀が執り行なわれた。死者の魂を慰める儀式も祭事もいっさいなく、参列者もどうしていいのかわからないような感じだった。誰かが中庭に葡萄酒の大樽をもち出してその上に棺を置くことを思いついた。フォスコは長女の夫として、何か公爵の思い出のようなことでも話すべきだろうと思って進み出た。とそのとき、塔の門番の一三、四歳のヒステリー患者の少女が、大声で叫んだのである。「ああ、公爵さまが死んだ！」そして母親の腕の中に気を失った。それがその場のぎこちなさを救い、やがて棺が樽から持ち上げられ、貨物自動車に乗せられて、小雨のなか、山裾の墓地へと向かった。フォスコは深く感動した。

「生者必滅、会者定離」ということばがおのずと口をついて出た。

13　その後のマライーニ家の人たち

小さい娘の言い分

トーニは自著の一節で、「忘れることは思い出すことよりむずかしい」と題して、家族のなかでもっとも幼かった自分とユキの側からの収容所体験の記憶——意識下の影響——について語っている。

家族のなかでは、通常の生活にもどったとたんに、苦しみと恐怖の体験は、忘れる、つまりそれを語らないという空気が生じた。体験していない人たちに話しても通じないということもあったが、なによりも、それを《篩にかける》、つまりそれぞれが自分のうちで熟慮する時間が必要だったのだ。姉妹のなかで一番小さく、日本をあとにしたとき五歳だったトーニは、先に引用したように、自分にとって日本を離れることは《帰国》ではなく、《出発》、《切断》だったと言い、たぶん自分とユキにとっては、幼かっただけにあの体験は、大人たちとちがって、世界を発見する決定的な体験であり、いまやほとんど忘れたとはいえ、意識下では、忘れようにも忘れられないことだと述べている。

フォスコは帰国して一〇年後に『随筆日本――イタリア人の見た昭和の日本』を著したが、日本をこよなく愛する彼は、その後の日本と尊敬すべき伝統と文化の記述を優先し、戦時の軍国主義の日本については、重要であるが微妙な問題を「かっこで括っている」とトーニは指摘する。父親の著書は彼女には、とくに『家、愛、宇宙』は、主人公を三人称にし客観視して、まるで強制収容所という辛い体験の悪魔祓いをしたいかのように、そして日本を愛するがために忘れたいという動機から書かれたように思われた。

トーニのこの指摘は鋭い。フォスコは、最初に述べたように、自著に「私は、トパーツィアが長い収容所生活の悲惨さ、屈辱、飢え、危険に直面しつつも、一九四三年にみずから選択した道を堅固な勇気をもって保持したことをけっして忘れまい」とエピグラフとして記している。しかし帰国後は、暗黙のうちに、娘たちも父親への愛ゆえに《ユビキリ》やハンガーストライキなどを、父親を主人公にした、あたかもヴェールのかかった無言の英雄物語ととらえる空気があった。それゆえ彼女は、その時を待っていたかのように、自著で、長年、口にしなかったこと、すなわち「収容所には母もいたことが忘れられたかのようだった。それに私たち〔トーニとユキ〕もいた」と記すのであろう。

父の著書には、ダーチャについては少ないながらにいくつかの記述があるが、下の二人の娘は、ひとまとめにして、《小さい娘たち》、《小さい子たち》と記されているだけだ。ダーチャは大人と子どものあいだにいて、母親の手伝いをしたり、《共同体》のなかで全体の苦しみを共有したりしていたが、下の二人は完全な子どもで――食料の配給分に二人は含まれていなかった――、二人だけの世界、苦しみの世界をもっていた、また誰よりも苦しんだのはユキだったとトーニは言う。年齢の近い姉の早い死がさらにその思いを強めるのだろう、彼女は次のようなトパーツィアのことばを引用する。

火事や、空襲、サイレン、地震など、もっとも恐ろしかったときに、みな凍てついた真夜中に防空壕に走った。ダーチャは戦争だということがわかっていた。私たちが自分たちの状況を説明してやると理解できた。あなたは、子犬のように、毛布や私たちの腕の中にもぐりこんでいた。でもユキは、恐怖のあまり地面に身を投げて大声で泣きわめいた。

トーニは何も知らずに親に抱かれていたが、自分で走らなければならないユキは、ダーチャのように理性で納得できないままに、恐怖を全身で受けとめ、泣きわめくしかできなかったのだ。ユキは一家のなかでただひとり、収容所のことを書かずに、誰よりもはやく世を去った。

長い歳月をへたのち、自著が刊行される一年まえに、トーニははじめて父に、自分とユキがとても辛い思いをした、それをほとんど口にしなかった、と打ち明けた。父は自分たちの決断で娘たちに苛酷な体験をさせたことに罪悪感をもっていた。だがトーニはそれには反対し、一九四三年のサロー共和国への忠誠宣誓の拒否からはじまるすべては誇らしいことであり、自分の子どもたち、孫たちに語り継ぐべきことだと答えている。なぜならば、あの恐ろしい経験のなかで家族はしっかりまとまって、両親は子どもたちのためにあらゆる力をつくして守ってくれたから。その後、家族は崩壊したが、あの体験があったがために、それぞれが別々の道を歩き出してからもなお、家族として、愛しあうことができたから。そしてユキのはやい死も、さらに象徴的に家族の結びつきを確認させたのだった。

帰国後の一〇年間のことは簡単にことばにならないともトーニは記す。収容所のトラウマ、楽しい思い出、緊迫した空気、家族の離反と両親の離婚。最初のうちは、姉たちがフィレンツェの寄宿学校に送られたのに、自分だけが地元の学校に通わされたのが不公平に思われた。いまや《翔《と》んでいる女》で、制服のスモックが皺だらけだろうが、ソックスが片方しかなかろうが気にしない母にせかされてばかりいた。だが、休暇になって、糊のきいた灰色の制服を着た姉たちが帰省して、牢獄のような寄宿舎の厳しい規則のことを話すのを聞いて、自分が犠牲にならずにすんだものの大きさを知った。ユキは寄宿舎でいじめられた。

トーニはヴァルグヴァルネーラ館で、野放しの自由な生活を謳歌したが、同時に、《すさまじいチリ女》の祖母の晩年に象徴される一族の凋落を目の当たりにした。バロックの瀟洒な館の庭園のあちこちに凝灰石の優美な彫像が飾られているかと思うと、館の裏の埃っぽい中庭にある厩舎からは、いまや馬ではなくロバの鳴き声がし、古風な礼拝堂は鼠のすみかとなって、がらくたが積みあげられていた。両親はそれぞれの仕事で別々に家をあけ、そんななかで、イタリア語と日本語をごたまぜにして使っていたトーニの意識のなかで日本はしだいに影が薄くなり、ついにひとつのイコンのようなものになって残った。

やがて家族はふたつに分かれた。トーニは短期間、父とローマで暮らし、ダーチャとユキは母とバゲリーアに残った。それから姉たちが父とローマで、トーニは母とシチーリア、それからローマで暮らし、最後にはフィレンツェの祖父の家から高校に通った。こうしてあちこち住処を変え、同居の相手を変えているあいだは、それでもまだ穏やかな日々だった。やがて家族はバラバラになり、父はアジアへ旅立ち、帰ってきて母と離婚した。姉たちは結婚してローマで暮らし、ほどなく母もローマに移った。

トーニは一九五八年にフィレンツェを去り、奨学金を得て、ロンドン、アメリカ、パリの大学で美術史と文化人類学を学び、研究のために滞在していたモロッコのカサブランカの美術学校で教鞭をとった。やがてモロッコ人の画家と結婚し、五六年にフランスから独立したばかりの新生モロッコの新しい文化の創出のために精力的に活動した。八七年に二人の娘とともにローマに帰り、いまもアフリカと地中海をめぐる調査と講義をつづけ、文化人類学の研究者、詩人、著作家として、多くの著書を刊行している。ダーチャは、トーニがもっとも父の血を引いたようだと言っている。

一歳にもならないのに歌をうたおうとして、母を笑わせたユキは美しい声の持ち主だった。ピアノと古典歌曲を学び、ペルゴレージの『スターバト・マーテル』でソプラノ歌手としてデビューして、祖母ソーニアの果たせなかった夢を果たすかと期待されたが、六八年にシチーリア民謡の歌手に転じた。作曲もした。一七世紀のイタリア民謡や一九世紀のシチーリア民謡、シューベルトやモーツァルトの歌曲などのレコードが残っている。各地のフェスティヴァルに招かれると、いつも、いまや成長して母親と同じようにギターを弾いて歌う娘を伴った。七七年には日本でもコンサートをひらいた。だが、病弱だったユキは、収容所の後遺症もあったのか、さまざまな病に侵され、ついにリューマチ性の関節炎のために指が麻痺してギターを弾けなくなった。最後には石灰過剰のために声帯の手術を余儀なくされ、水晶のようだった声は失われた。そして九五年八月に五六歳で死んだ。

ダーチャは二〇一一年に、父、一八年間の伴侶だったモラーヴィア、若い恋人、そしてユキの死をめぐる『大祝祭』(*La grande festa*, Rizzoli) というエッセイを著している。家族のなかでおそらくもっとも苦しみ、ひとりだけ、何も書き残さなかった妹の代弁をするかのように、彼女についての記述がもっとも多い。

この著書のなかに、ユキの葬式でフォスコとトパーツィアが数十年ぶりに再会した教会でのシーンがある。

二人は教会のすわり心地の悪いベンチに腰かけていた、やや戸惑いながらも、たぶんまんざらでもなく。奇妙なことだった。無数の愛のたくらみを秘めたドン・ファン。二度と再婚しなかった誇り高く進取の気に富んだ女。つねに恋し、つねにいなくなり、つねに人を魅惑し、誘惑する男と、じょうぶな手と一徹な頭をもった女。二人がまたこうして並んでいるのを見るのは驚きだった。彼は献身的で厳しい日本女性と再婚したが、世界じゅうに、彼に熱いまなざしをむける女たちがいる……。

両親はごく若いころに、自由恋愛の契約をむすんだ。熱烈に愛しあっていたが、貞節など不自然で退屈なことだと決めたのだ。それゆえ各自自由にということだった。唯一の条件は絶対的な誠実さ。ゆえにどちらかが他の誰かに心惹かれたり、浮気をしたりした場合は、もう一方に、その詳細を話さなくてはならないということだった。

これはサルトルとボーヴォワールがはやくから実践し、一九六八年の若者たちの異議申し立ての時代にも唱えられた考えだが、ダーチャはそれには賛同できないと言う。反権力、あらゆるヒエラルキーとあらゆる特権の追放にはむろん賛同し、若者たちを熱狂させた自由と平等を求める大きな波にフェミニストの知識人として先頭に立って参加し、発言した。だが、無軌道な愛、《空気のように自由》ですべては風のまにまに、というスローガンは拒否する。その理由は、つねにどちらかがより多く愛し、どちらかがより多く苦しみ、その結果、より弱くより苦しむ者が非道な行為の対象になるからだ。両親のことも、サルトルとボーヴォワールも愛し尊敬するが、鳴りもの入りのスローガンには徹底して反対した。そしてイデオロギーにあおられた運動が、市井の小さな、昔ながらの、だが人間としての基本的なモラルを覆すことにまで同調すべきなのか、と問う。

六八年の運動とともに、とつぜんすべてが可能に、転覆可能になったような風潮のなかで、新しい世界観には新しいモラルを！　正しい理由のためならば、盗むのは、さらには殺すことすらも、権利だ！　と叫ばれるようになって、彼女は苦しんだ。徹底的に活動したいと思う反面、自分たちと同じように考えない者の足を潰したり、襲撃したり、指を切ったり、殴ったりするのはどうしても許せなかった。このどっちつかずの——と彼女は言う——態度が、結局は同年代の一部が走った暴力闘争に加わるのを回避させた。そのために仲間の一部から批判されたこともある。だが作家である彼女のたたかいの武器は一貫してことばなのである。

娘の言うドン・ファンはしかし、帰国してからの四、五年は精神的な危機だったと述べている。飢えと恐怖の傷跡が日々の生活のなかに立ちあらわれるのだ。トパーツィアは口癖のように、「充分苦しんだから、これからは人生を楽しむ」と言っていたが、彼は何かしなければと思いながらそれができないままに悶々としていた。彼が真に解放されたのは、帰国して一二年後、カラコルムのガッシャブルム遠征隊に誘われて、その踏破に成功したときだった。これによって彼は日本での傷が癒え、自信がついたと述べている。

その後、フィレンツェ大学教育学部に招かれ、日本語・日本文学科を創設し、定年の一九八三年まで務め、そのあいだに、イタリア人の日本研究のための機関である「イタリア日本文化研究会」を設立して、両国文化の大きな架け橋となった。二〇〇四年、九一歳で死去。二〇一三年に、イタリア文化のすぐれた研究を対象にしたそれまでの「マルコ・ポーロ賞」を継承して「フォスコ・マライーニ賞」が創設された。

多くの著書を残したが、日本語に翻訳されているのは、文中に挙げた著書のほかに『ヒマラヤの真珠』（精華房、一九四三年）、『ガッシャブルム――カラコルムの峻峰登頂記録』（理論社、一九六二年）、『ＪＡＰＡＮ』（講談社、一九七一年）、『海女の島――舳倉島』（未來社、一九六四／二〇一三年）などである。彼はまた、第一級の世界的写真家でもあり、日本をはじめ、チベットその他、いまや失われつつあるものの貴重な姿を愛用のライカにおさめた。

さてトパーツィアは？

トーニによると、「日本での妻、母、それから強制収容所の体験は、彼女の人生の、決定的ではあっても、多くのエピソードのひとつでしかなかった」。彼女は、失われた時間を取りもどそうとするかのように、颯爽と行動を開始した。EUの前身である「欧州連邦運動」に加わり、シチーリアの文化活動にのめりこんだ。またワインの鑑定人の資格をとって父親の事業を継いだが、これは、戦後のシチーリアのすさまじい投機的気運と出世主義、そしてシチーリア出身の作家レオナルド・シャッシャの小説そのままのマフィアの容赦ない介入によって、ついにワイン醸造所を手放した。シチーリアにあるあらゆる資産、あらゆる絆を失って、永遠にこの島を去り、永遠の都ローマでふたたび前衛画家トパーツィアが目覚めた、こんどは画廊主として。

一九六八年二月四日号の「エスプレッソ」誌に次のような記事がある。

……シチーリア女性ゆえであろう、トパーツィアは金髪に青い目で、情熱的な知性の持ち主だが、その情熱のひとつが絵画である。……戦後シチーリアにもどって、左翼の分離独立政策に身を投じた。一九五八年から六三年まで、ローマで「画廊トラステーヴェレ」をひらき、イタリアではじめて、ときにはヨーロッパではじめて、イタリア人や国籍のさまざまな画家たちの前衛作品を展示した。彼女はコレクターたちの相談役であり、絵を売るというよりも現代芸術に目をむけさせようとした。画廊の閉鎖後も、新しい才能を探し、彼らを励まし、支え、サン・カリスト広場の三部屋の古アパートに泊めもした。彼女の家のドアは、彼女が誰よりもはやく認める才能を秘めた者にはいつも開かれていた。

戦後間もない、現代芸術にはまだ閉鎖的だった空気のなかで、無名の画家の才能を見出し、国籍を問わず、前衛作品を展示していたことは、トーニが述べているように、一個人の画廊経営にとどまらない、美術史上、画期的なことであり、もっと評価されてしかるべきであろう。

いつもドアが開かれていた彼女の家に、ベトナム戦争のときには徴兵拒否の若者たちが匿われた。その一人の、当時一八歳だったアメリカの詩人ジョン・ミンチェンスキが二〇〇〇年にトパーツィアに捧げた詩集『*Circle Routes*』(The University of Akron Press, 2001) のなかの二篇を紹介しておく。

強制収容所の鉛筆

書きちらしてちびた鉛筆、
警官のだれかがそれを捨てた
タバコの吸い殻のように。

だがそこにはまだことばが残っていた、
タバコよりももっと多くの鉛筆を
あなたは自分の爪で削らなければならなかった
それらを盗んで、貯めて

藁布団に隠した
紙切れといっしょに。

彼女はおんどりを描いた
そして豚を、子どもたちのために、
こうのとりの飛行の赤い輪を。

彼女は子どもたちに英語を与えた
そしてイタリア語の開口音を。
どんな紙も小さすぎることはない、

彼女は日記を隠すことができた
靴の中に。瓶に詰めたメッセージ？
いや、それらは山ほどあった。

スモモの木に
吊るして、風に
なびかせるハイク

彼女の子どもたちが見ている
蛇のとぐろのようなカーブの最後に
鉛筆の舌が紙をなぞるのを。

解放

降伏のあと、警官たちはそそくさと
トラックに乗りこみ、埃のにおいを残して去った、
アメリカ軍が解放に来るまえに
連合軍の飛行機が投下した、C号糧食と粉ミルクと
桃の缶詰を。感謝せずにいられようか？
もう必要ないのだから、小鳥や蛇を捕まえることは
警官たちに飢えさせられたときのように。
彼らは間にあわせの缶切りを使い、

粉末に桃の缶詰めのジュースを注いで
ミルクに復元した。

それから二週間、輸送車が到着して
もう少しましな状態になるまで、勝利とは
彼らの子どもたちの息から立ちのぼる
ぶつぶつの黄色いミルクのにおいだった。

ごく最近ダーチャに会ったとき、母はもう一〇〇歳をすぎたけれど元気、と話していた。

14　痩せっぽちの少女

『神戸への船』は次のように締めくくられている。

……私はもうひとつの物語を語るのを妹に託すことを約束した。それゆえ読者はこの続きの物語を聞くのは待っていただきたい。あんなにも激烈で苦しかった強制収容所での数年、収容所での日々の生活についてだ。私は何年もこの物語を語ろうとしてきた。だが、森のはずれまでくるといつも、息切れがし、羞恥心に襲われ、茫然と立ちつくしてしまう。ふいに目の前に、速足で歩く、顔のない男があらわれるのだ。私は懸命に逃げる。やっと一台の荷馬車に追いつき、御者に恐ろしいものに出会ったと話す。すると彼は振りむいて言うのだ、空っぽの顔で。「わたしのようにかい？」

この「顔のない男」のことは父がよく話していて、女の子は眠れなくなるほど怖いのに、何度もせがんで話してもらった。収容所のことを書こうとすると、その顔のない男が立ちあらわれるというのだ。《もうひとつの物語》はまたもや作家の手にとどまったままで、紙に書き写すことができずに、顔のない男に対面してしまう。

また前年に刊行された随筆『愛された文章』(*Amata scrittura*, Rizzoli 2000) でも作家は書いている。

つい昨日のことでも記憶のなかに入ることもあるが、それを解読できるようになるまでに長い時間が必要な経験もある。たとえば、私が二年間過ごした日本の強制収容所は私の記憶の暗い領域である。記憶が欠落しているというのではない、それを容易に文章にできないのだ。『帰郷　シチーリアへ』で少し触れたが、いまだにその素材との適切な関係がつかめないでいる。あまりに激烈な、あまりに辛い経験で、それを手にとって紙に書き写すという行為を私はたえず先送りにしている。

六〇年もまえの体験がいまだに《空っぽの顔》として立ちあらわれる《暗い領域》だという。それは作家自身が言うように、物語の素材である、飢えと死の恐怖を生きた七歳から九歳の少女が現在の自分のなかにいて、適切に対象化、言語化しえないということだ。少女はことばを発しない。それゆえ作家は、「あまりに激烈で、あまりに辛い体験」以前の写真のなかで、ぷりぷりした肉体をもち、無邪気に笑っている、いまや完全に失われた女の子の幸福な物語を語りながら、冒頭で述べているように、「あの女の子は死んだ」、「彼女はほとんど遠い敵のような感じがする」と記すのであろう。そのとき作者は、名古屋の町を焼きつくす空襲の空を見つめながら、巨大なアヒルのような戦闘機のお腹からおいしい卵が降ってこないかと思っていた痩せっぽちの少女なのである。

『帰郷　シチーリアへ』

『帰郷　シチーリアへ』。これは作者の、日本から、そして長年拒否していたシチーリアへのふたつの帰郷の物語である。

「一九四七年、わたしははじめてバゲリーアを見た」と始まる。

だがなぜ「はじめて」なのか。九年まえに神戸へむけて出航した日、小さな女の子はバゲリーアの母の実家から、豪奢な公爵家の巨大トランクとともにブリンディジの港に着いた。また日本から船と汽車を乗りつぎ、最後に馬車で母の家に向かったと書かれているが、実際には、一家はシチーリアに向かうまえにフィレンツェの父の実家で過ごし、パレルモで船を降りてから、義父の差しむけた車でヴァルグァルネーラ館に着いたとフォスコは書いている。もとよりこれは自伝的小説で、自伝ではないゆえ、文学的必然によるのだろうが、ここで私たちにとって有効なのは、物語の主人公は、新たな生に向かってゆく少女だということだ。

痩せ馬の曳く馬に揺られながら少女はバゲリーアを見ている。

……わたしは、黒と赤に塗り分けられた大車輪に揺られながら、未来に向かって息をはずませて疾走しているのだと思った。

爆弾と、救いようのない飢えの恥辱が過ぎ去ると、身内のような死とのあれほどの親密さも失われた。わたしは馬車の布張りの座席におとなしく腰かけ、なんでもできる、と思いながら周囲を見ていた。いままで嗅いだことのなかったジャスミンと馬糞のにおいを面白がって吸いこんだ。

収容所を生きのびた少女はシチーリアで新たな生をはじめる。そこはジャスミンや馬糞など、新鮮なにおいにみちていた。だが、なんでもでき、未来に向かって疾走していくはずの物語は、苛酷な記憶の再現とあらたな困難によって裏切られる。

学校にはどうしても馴染めず、授業に集中できずに、隠しもってゆく本を読んでばかりいた。名古屋での空襲は、夜と静寂に対する異常なまでの恐怖を残した。両親の帰宅が遅いと、血だらけの二人の死体が頭に浮かんで生きた心地がせず、彼らの声を聞くまで眠れなかった。いつまでも、収容所にいたころのように、小石や紙が遊び道具で、人形など自分たちには不釣り合いな贅沢品としか思われなかった。何年間も、残ったパンを隠しておいたり、お腹が空いたら掘り返そうと、残ったケーキを紙に包んで木の下に埋めたりすることが習慣になっていた。

そんななかで少女は立てつづけにふたつの出来事に遭遇する。ひとつは、ある神父が彼女を抱きすくめて、すばやくキスをしたことだ。このことは、「それを機に、信仰と道徳のせめぎあいを脱した」と素っ気なく記されている。

もうひとつは、ある男が彼女に自分の性器を握らせたことだ。それは、名古屋の収容所を抜け出て近くの農家に行き、食べ物と引き換えに作業を手伝ったときに手にした蚕の感触を思い出させた。そのときのことは次のように書かれている。

指の下で今にもほろほろとこぼれてしまいそうだったあの蚕の、粉を吹いたような、湿りけのあるやわらかさを、わたしは生まれてはじめて男性性器を手で握ったときにふたたび見出した。家族ぐるみでつきあっていた男が、以前アメリカの水兵がそうしたように、二人きりになったのに乗じてズボンの前をあけ、わたしの手に自分の性器を握らせたのだ。わたしは驚くでもなく、まじまじと彼を見ていた。バゲリーアに来てからのことで、わたしは一〇歳をすぎていた。

どこへ行っても《カワイイ》と言われ、人見知りをすることなく日本人のなかに溶けこんでいた幼い女の子は、異国の収容所で死と飢えを体験して痩せっぽちの少女になって帰国したとき、アメリカの水兵につづいて、男たちによる直接的な暴力の一歩手前の、《みだらでやさしい》父性愛の強要にさらされたのである。
しばらくして再会したとき、その男は彼女に対して厳しく、とりつくしまがなかった。あまりに醒めた、好奇心が強すぎていずれ不良になる女の子だとなじった。そして巧みに母親を説得して、大好きで着ていた袖なしの膝小僧の見えるワンピースをやめさせ、プリーツのはいった惨めなほど似合わない長い服を作らせた。

性が何であるかも知らない少女は、のちに、自分の肉体が男にとって欲望をかきたてる対象となっていたことを知る。そして自分が無自覚なままに男たちの目にさらされていたことを知るところから、大人たちを、戦争直後のイタリア社会を醒めた目で見ること、見返すことをはじめるのである。

ぷりぷりした肉体から痩せ細った肉体に変貌していった少女の、作家自身が《暗い領域》と呼ぶ体験を、私たちは想像でしかつかみとれない。成長期の理不尽な飢えと自由の剝奪のなかで、幼い妹たちが「おなかがすいた」と泣くのを見て、自分は泣いてはいけないと思っただろう。そして泣かなかったのだろう、口に入れたくもないいやな臭いのする、茹でた大根を前にして「勝手に涙が流れた」以外は。「飢え」という、肉体を苛む苦痛をまぎらわせるには、食べ物に見立てた小石という仮象の食べものを口にふくんで空腹を満たすつもりになることと、自分の腕に歯を立てて、もうひとつの痛みにまぎらわせることしかなかった。

両親の書いたものには、この育ちざかりの少女の飢えについての考察は見当たらない。全体的な飢えの痛みのなかで、各自の痛みは各自が請け負うものなのだ、自分の肉体を傷めることによって。そして帰還の船上と故国での性の暴力。幼い肉体に加えられた飢えと性の暴力という二重の暴力。それは、少女が、自分の意志のかかわらないところで体験し、少し長じてその意味を考察できるようになったとき、まさにたったひとりで対決しなければならないことだった。

飢えについて、先に引用した『帰郷　シチーリアへ』と『神戸への船』の記述で心にとめておきたいのは、「救いようがない飢えの恥辱」と、その体験を語ろうとするといつも、「息切れがし、羞恥心に襲われた」という表現である。飢えたことがなぜ「恥辱」、「羞恥心」なのか。そう感じることはまったく理不尽なことだが、他人が「あなたが悪いのではない」と言っても意味はない。子どもから食べ物を奪うのは、死ねというのにひとしい。少女はなぜ自分がこんなに飢えなくてはならないのかと考えたであろう。

日本のみならず戦時下にあった国々の一般家庭でも、人びとは食べるものがなかった。

さらに、ユダヤ人の強制収容所などにも、食べものを奪われたおびただしい数の子どもたちがいたし、現在でも世界の紛争地での難民キャンプにも、アフリカにも飢えている子どもたちがいる。ユダヤ人の子どもも京都にいた七歳の金髪の女の子も、外の状況を知らないままに、戦争だから、ユダヤ人だから、日本人でないから、なぜか知らないが、囚われ、飢えているのだと思ったことだろう。そしてそんな虐待を受けるのは、自分が悪い子だからだと思ったことだろう。虐待の被害者が自分を責める。そして生きのびて、飢えと虐待から解放されたあとにも、人間以下の扱いを受けたことを恥と感じ、それが「恥辱」、「羞恥心」という表現につながるのであろう。

また、イタリア語よりも日本語を話すことが楽だった、ことばを換えれば、母国語を話すことが困難だった少女はさらに、標準イタリア語でないシチーリア語の話しことばから、彼女自身が言う「言語上の冒険」をへて、母国イタリア語の文法を身につけなければならなかった。

フォスコは、帰国後の子どもたちにとって言語の問題は大変だったろうと心配したが、子どもの天賦の適応性で驚くほどスムーズにイタリア語に切りかわったと述べつつも、いまや思春期に入りかけていたダーチャにとっては妹たちとは比較にならないほど困難だったろうと思いやっている。

ダーチャの最後の日本語は《スベリダイ》だったとフォスコは記している。

一家でバゲリーアのザッフェラーノ岬を散歩していたとき、ダーチャは、岩のあいだの長くなだらかな草地を指さして、イタリア語がわからずに、「見て、なんてきれいなスベリダイ！」と言った。それを最後に父親は娘が日本語の単語を口にするのを耳にしていない。しかしこれは留守がちの父親の観察によるのであり、作家自身は帰国後しばらくは家族のあいだで日本語を話していたと述べている。

二歳で日本に来て、九歳までいたのであれば、「あんなにも激烈で苦しかった収容所での日々」の体験とともに、最初の表現手段である日本語の総体が、その文法体系とともに意識と肉体に刻まれていたはずだ。未来の作家が母国に帰って直面した言語の障壁は、なによりもまずは、地元シチーリアの同年代の少年少女たちとの関係に立ちはだかったであろう。日本語は家族以外の誰にも通じない。また母親の実家とはいえ、シチーリアでの彼女たちはよそ者であり、しかも日本の収容所という特異な場所からの帰還者だ。そして日本語は彼女にとっては強制収容所であり、飢えであり、「羞恥心」を再現する言語だ。日本人の乳母が「眠れば大きくなるのよ、でもあなたが大きくなれば、それだけママが年をとるのよ」と言うのを聞いて、眠らないことにした少女は、日本語を忘れること、日本語をみずから封印することにしたのだろうと私は考えた。

だが、今回――二〇一四年五月に――来日したさいにそのことを訊ねると、彼女は「自分から封印したのではない」と答え、でも意識下ではそうかもしれないと言った。

近所の子どもたちに意地悪をされても、しょんぼりするどころか、相手の京都弁を繰りかえして追いかけ、友だちになったという女の子は、最初から人前で話すことが苦手だったわけではあるまい。無邪気だった幼女は、父親の言う「思春期」に入りかけて、母国で直面した言語の壁を前に、友人たちとの意志の交流の困難さを見出し、本ばかり読むようになったのだろう。二歳にならずして離れた、ほとんど未知の国イタリアに降りたって、世界から排除されているという意識をかかえつつ、その世界に立ち向かわなければならなかった少女はその後、妹とともにフィレンツェの寄宿学校に入れられて、シチーリアを去る。そしてそこはまた、もうひとつの収容所であった。

全生徒の前で《学費滞納者》として名前を読み上げられ、校則違反者として罰せられ、厳しい寄宿舎生活を送った。だが寄宿舎の、修道院に似た隔離の生活そのものは、ある種の慰めを見出せる避難所でもあったと書いている。

収容所と寄宿舎という隔離の生活を強いられた経験をもつ作家の文学の主要なテーマが、女性の隔離、牢獄からの解放であることの理由はここにあるだろう。隔離が理不尽でつらいだけでなく、そこには慰めと小さな仕合わせがあるということ。世界は牢獄にみちている。収容所や修道院をはじめ、学校、病棟などの設備はもとより、家庭、結婚という制度、友人、母と子、父と子、恋人という関係性にも。牢獄を自覚しないままに、その理不尽さに身をあずけているかぎりにおいては。収容所では自分だけのカミダナを、寄宿舎では机の中に小さな祭壇をつくって、大切な物を供え、十字架を握りしめて眠っていた少女は、やがてカミダナも祭壇も捨てた。

帰国した先には、一方的に異質な肉体を押しつけてくる男たちがいた。その男たちの内面世界にも欲望にも無縁な少女は男たちの行為を見つめ返す。のちに、フェミニズムにかかわるようになって、他の女性たちと男の暴力について語りあったとき、それが自分だけの孤立した経験ではなく、多くの少女が体験し、なかには一生、口を閉ざしてしまう女性もいることを知って、大きな解放感を味わったという。だがそれはのちの話だ。口では言えないことも紙に書くことによって表現できることを自覚していた少女は、一七歳になって、戦後の混乱のなか、立ちはだかる現実に対決するように、のちに『ヴァカンス』と題して出版される第一作の小説を書きはじめる。

『ヴァカンス』

一九六二年に刊行されたこの第一作が出版社を替えて一九九八年に新版として出たとき、作家は、三〇年以上もまえにこの作品を書いた若い女はどこへいったのだろうか、と序文に書いている。

……昔、憎むべき、野蛮な戦争に傷ついたひとりの少女がいたとしか言いようがない。彼女は黴の生えた一切れのパンに狂喜するほどの飢えを体験した。どんな偶然が幸いしたのか、彼女は戦争を、強制収容所を生きのびた……一七歳で、『ヴァカンス』と題する本を書きだした。だがヴァカンスといっても気晴らしや楽しい旅行の意味ではない。文字どおりの空虚、身をよじるばかりの苦しさで答えを探していた《空っぽ》の感覚だ。ドアの向こう、道路の向こう、川の向こう、町の向こうには誰がいるのか、何があるのか？　理にかなった何か、身をささげる価値のある何かがあるのか、それとも苦しみと混乱だけなのか？

いまや老年にさしかかった作家はこうして、さらに小さかった自分の写真を眺めて「あの女の子は死んだ」と記したときのように、またもやもういない、一七歳の自分が書いた作品を読んでいる。そしてそれはこの世にあることの恐怖と羞恥心をかかえた少女のことばを再現するのだ。

この《空っぽ》の感覚ということばで思い出されるのは、作家のナタリーア・ギンツブルグが同じようなことを言っていることだ。父親の一存で、小学校に行かず、中学校には行ったが、級友となじめず、授業は皆目理解できず、学校生活は孤独で退屈だった。ユダヤ系の知識人一家の反ファシズムと非宗教思想ゆえに、みなが制服で行進する「ファシスト少女団」に属さず、教会にもシナゴーグにも行かなかった。みなと同じように白い服を着て聖体拝領をしたかった。兄たちは「自分たちはユダヤとカトリックの両方のものを受け継いでいる」と言っていたが、彼女は、自分はそのいずれでもない、《無》だと感じた。彼女も一七歳で最初の短篇を書いた。

一七歳のダーチャ・マライーニ、《空っぽ》をかかえて答えを探していた少女の前に、小説の主人公のアンナがある朝、避難所と理解を求めてやってきた。家のドアを叩いたのはほとんどもう一人の自分だが、まったくちがう人物でもあり、理解できない問いかけをかかえもった赤の他人でもあった。

　主人公は一四歳だが、三六年後の新版では一一歳に改変されている。この改変について作者は何も説明していないが、これこそ、収容所でのことを書けずに、妹に《もうひとつの物語》を託した彼女のひとつの決意を知る鍵ではないか。多くの作品を書いてきた作家が自分の第一作を読み返して、「アンナ、それは私だった」ということを見出したのではないか。収容所のことを書こうとすると「顔のない男」に出会ってしまっていた作者は、遠い昔に、自分に似てはいるが、まったくちがう人物として設定した主人公のうちに、収容所を経験した少女の物語を書いていたことを発見したのではないか。それゆえ主人公の年齢を収容所から解放された自分の年齢に近い一一歳に変えたのではないか。そのように私は『ヴァカンス』を手元に引きよせていた。

　だがこれも今回、作者に直接確認したことで、新たな事実が浮上した。アンナは最初から一一歳だったのである。一一歳ではあまりにスキャンダラスだからと出版社に改変を求められたので、「新版で元にもどしただけ」だという。

　しかも「アンナ、それは私だった」といいうるだろうアンナは、かつての作者と決定的に異なる状況にいる。彼女は飢えを知らない。飢えはこれからやってくるのだ。作者は飢えと死の恐怖をここでは封印して、収容所のもうひとつの体験である牢獄という状況と少女に対する性の暴力を第一作に書き込んだと考えるのが妥当であろう。なぜならば、あの飢えと死の恐怖はいまや終わったのであり、なによりも、一一歳の少女には過去を振り返るひまなどないから。

彼女はこれから、荒れ果てた戦後のイタリアで生きていかなければならないからだ。

帰国して住み着いたシチーリアには戦後の絶望と貧困がはびこっていた。大人たちは一か八かの刹那感と冒険心に翻弄され、闇の商売に狂奔し、大儲けをしたり悲惨な末路をたどったりしていた。それが新しい現実だった。そんななかで突如として少女を襲ったのは、自分が、女が、《物》として見られていることの衝撃だった。身をよじるほどの飢えは終わった。だが、帰国の船上で自室につれこんだ水兵にはじまり、いきなりキスした司祭、蚕のような性器を握らせた男たちの連鎖はつづいていたのだ。

茫然とするほどの衝撃と現実の圧倒的なリアリティ。その現実を前にした恐怖と麻痺したような無力感。このシチーリアでの戦後の体験を作家はローマに移し、時間も戦後ではなく、戦争末期に設定した。その理由は、いまやローマが生活の場であり、シチーリアで体験し、感じたことは、ローマでも同じだったからだ。

帰国して一〇年後に両親は離婚して、彼女は一八歳のときから父とローマで暮らして高校に通った。二〇歳のとき、父の援助を受けながら独り暮らしをはじめ、文書整理や秘書、写真家の助手、使い走り、たまにライターなどあらゆる仕事をしながら小説を書いた。

一七歳で書きはじめて二〇歳のころには完成していた第一作は、一九六二年まで、日の目を見ることはなかった。つてもないまま、あちこちの出版社に原稿を持ちこんではすげなく断られていた。二一歳のとき、ミラーノ出身の画家と結婚し、そのころ仲間と文芸誌「文学の時」を発刊した。夫とは四年間生活をともにしたが、息子を死産で失ったあとに離婚した。

徐々に「イル・モンド」紙、「パラゴーネ」、「ヌオーヴィ・アルゴメンティ」などの主要な雑誌に寄稿するようになり、アルベルト・モラーヴィアやピエル・パーオロ・パゾリーニなどが発行していた文芸誌「ヌオーヴィ・アルゴメンティ」に、モラーヴィアの紹介で、短篇二篇が掲載された。そしてようやく、「モラーヴィアの序文をとりつける」という条件づきで、レリチ社が長篇第一作の刊行を引き受けた。

のちに同居するようになったモラーヴィアは、この時点では、駆け出しの作家にとって、雑誌社ですれちがうだけの大作家だったが、作品を読んで、すぐに序文を書いてくれた。とくに主人公の少女の創出を評価した。

彼は作者に語りかけるかたちで、次のように書いている。

……きみはなによりもリアリズムの作家だ……この思春期の主人公はこの小説の最大の長所、きみのもっとも成功した、複雑な産物だ。彼女は一人称で語るが、われわれは彼女の考えがわからない、なぜならばたぶん彼女自身それがわからない、つまりそれを考えないからだ。彼女にすべてのダイナミズムを与えているこの矛盾は徹底した疎外を示す。ことばを換えれば、きみは、状況のなかにいると同時にその外にいることのできる特異な力をもつ、きわめて現代的な人物を、まぎれもない詩的直観で創りだしたということだ。

実に的確な人物評である。主人公はまさに作者の分身だが、まったく未知の人間として対象化されている。作者から突き放されて、ひとりぼっちで世界と対決している。かかえ持っているものはかかえきれないほどだが、それを外の世界に伝えようとしない。彼女はそこにあって、立ちつくすだけだ。彼女がことばにしないこと、ことばにできないことは、存在しないのであり、彼女は無であり、空っぽなのだ。

この第一作は予期せぬ成功をおさめたが、批評はことごとく酷評だった。若い無名の——美しい——女性と大作家という組み合わせが批評家たちの好奇心をかきたてるばかりで、作品の文学性は無視され、タブーであるスキャンダラスな内容——子どもの性の体験——が標的になった。書評には、「性の倒錯」、「猥褻」、「ポルノ」、挙句の果てに「リアリズム小説の歪曲、破壊、処刑」などのことばが並んだ。にもかかわらず以後四版まで刊行されたが、レリチ社は倒産。その後ボンピアーニ社が刊行を引きついだ。そして初版から三六年、かつて原稿をつき返したエイナウディ社が作家に申し入れて、一九九八年に新版が刊行されたのである。

物語は、寄宿舎で暮らす一四歳（新版では一一歳）のアンナと弟のジョヴァンニが、夏休みになって、迎えにきた父親のオートバイで海辺の家に向かうところからはじまる。舞台は第二次世界大戦末期の、ドイツに占領されたローマ。父親は家に新しい「ママ」がいると言う。姉弟の母親はすでに死んでいた。家の二階には、家の持ち主で父親の仕事の上司夫妻とその息子アルマンドが住んでいる。上空を飛ぶのは連合軍の飛行機だ。父親とその上司は何やらいかがわしい、占領ドイツ軍と組んだ商売をしているらしい。父親は平日はローマで仕事をし、土曜日に疲れきって帰ってくる。ゆくゆくは上司の店を横取りしようと企んでいる。「ママ」は、夫の留守のあいだ、モーターボートを持っている男とつきあっている。アルマンドは、「もうすぐ連合軍が上陸する。親父はパルチザンに殺されるから逃げないと」と言う。そしてついに連合軍はシチーリアのサレルノに上陸した。ローマは大混乱で、ドイツ軍は若者たちをドイツへ送りだした。

無口で内気で無愛想で、自分で自分をどうしていいのかわからないような、自分をもてあましているようなアンナと、大人の性の仲介や相手をしている地元の年上の子どもたちとつきあう弟は、日中は海辺で寝そべり、夜はカード遊びに興じるばかりの大人たちを冷ややかに眺める。コーヒーこそ代用品だが、飢えと混乱はまだファシストのプチブルの親たちのドアの前には達していない。

そしてアンナは、アルマンドや海辺で声をかけてきた男たちに求められるままに、抵抗もせず、喜びもなく、服を脱ぐ。差し出されたワインを飲み、タバコを吸い、更衣室でアルマンドの自慰に手を貸し、老年にさしかかった男の家に行く。男が押しつけたはした金で自分にはアイスクリーム、弟にチョコレートを一箱買う。それがその夏、彼女が手にしたすべてだ。もとよりお金など欲しくない。

アンナの感情はいっさい表現されない。ぶっきらぼうなまでに乾いた筆致がほとんどことばを発しない主人公を代弁する。ただ一度彼女は、「あんなじじいとつきあうな」と言うアルマンドにたずねる。

「ほんとうに愛しあうってどういうふうにするの?」

このとき読者は、空っぽな心をかかえた少女が、何かわからないがその心を満たしたいことがあり、それはたぶん大人になりたいということなのだろうと思うだろう。アルマンドは耳まで真っ赤になって、「おまえは小さすぎる」と答えるだけだ。数日後、彼は召集されて、ムッソリーニの新政府のあるサローに向かう。そこからドイツへ送られ、ロシア軍と戦わせられるのだ。そして夏休みは終わり、アンナとジョヴァンニはふたたび父親のオートバイで寄宿舎に向かう。物語の最後に、それまで随所でついでのように語られていた政治的状況が、はっきりと描出される。

それを象徴するのは通りがかりのバールの主人だ。ヴァカンスが始まって、寄宿舎を出たときに父親はそこで子どもたちにアイスクリームを食べさせた。そしてふたたび寄宿舎へ向かう途中、またその店に立ち寄る。一人の男が入ってくる。主人は「彼は友だちだ」と言う。男は敵なのか味方なのか？　主人は父親を当然ファシストとして話をする。父親は彼に、そんな口のききかたをしているとろくなことにならない、おれがスパイでないことに感謝しなと言う。だが相手は、自分は恐れてなんかいない。もうあんたたちファシストは終わりだと言う。父親は身震いをして、子どもたちを引きたてて店を出る。

アンナとジョヴァンニは寄宿舎にもどり、父親と別れ、男子部、女子部へと別れてゆく。

戦争は終わろうとしていた。

この作品には、作家が一貫して追究するテーマが凝縮されている。人の自由を奪って閉じ込める牢獄の存在とそれからの解放、そして女性に加えられる男の暴力である。アンナの牢獄は、望みもせずに入れられた寄宿学校だ。修道女たちは少女たちに黒さくらんぼのシロップを飲ませながら、「外は地獄よ」と囁いて、門の向こうにあるものを考えないようにと、お祈りをするように、質問をしないようにと言っていた。浜辺でアンナはつぶやく。「わたしはいま外にいる、だからこの世のことをすべて知りたい。なんでもいっぱい食べてやる。でもいまのところ、あまりおいしくない」。

彼女は世界のすべてを食べようとするのだ、男たちを受け入れ、出されたタバコやワインを受け入れて。

作者はすでに牢獄を経験していた。そこで、飢えと、死と隣りあわせの体験をし、帰国して、寄宿舎に入れられた。ひとつの牢獄からもうひとつの牢獄へ。

作家はこの作品のあと、この牢獄と男の暴力からの解放をテーマとして書きつづけてゆく。そして多くの女性たちと連帯し、フェミニズムの先鋒として街頭に出て、女性たちに呼びかけてゆく。アンナは独りぼっちだったが、その後の主人公たちは仲間を、多くの女性たちを見つけ、ともに社会にむけて声を発してゆく。『ヴァカンス』はその起点となっているのである。

アンナはお金ではない、何かをたしかに得た。なぜならば、この小説は「ヴァカンスは終わった」という一行で終わっているから。

《ヴァカンス》が、作家自身が言うように楽しい気晴らしや旅行を意味するのではなく、《空虚、空っぽ》であるなら、それが終わったとき、空虚、空っぽが終わったのであり、アンナはもはや空っぽではないということだ。そして戦争が終わるとともにファシズムは終わる。いや、イタリアでは民衆がパルチザンとなってファシズムを倒し、戦争を終わらせるのだ。アンナの親たちや海辺で声をかけてくるような男たちではない、アンナがこれから出会うであろう男や女たち、バールの主人やその友人たちの目指す新しい世界が始まろうとしているのである。

15 『ヴァカンス』後のダーチャ・マライーニの作品

マライーニは、これまで小説二〇余、詩集七、戯曲集一三、評論集九、童話集二を発表し、現在、イタリアでもっとも多く世界各国語への翻訳がなされている作家である。

長篇第二作『不安の季節』(*L'età del malessere*, Einaudi 1963)の、アンナがそのまま成長したような一七歳の主人公エンリーカもまた、行きずりの男たちと性的関係をもち、妊娠する。彼女は母親の亡きがらと対面しながら、自分のうちに新しい生命が流れていることを感じる。だが彼女は男の望みどおりに堕胎し、宿した生命を闇に葬る苦しみにひとりで耐えねばならなかった。しかし「明日は仕事を探しに行こう」と、彼女はひとりで歩きだす。

この作品は、サミュエル・ベケットやホルヘ・ルイス・ボルヘスなどが受賞した国際的文学賞フォルメントール賞を獲得したが、同居していたアルベルト・モラーヴィアが審査員のひとりだったために、彼の加筆と権威が取りざたされ、大きく傷ついた。

六〇年代初年のイタリアはいわゆる「経済の奇跡」で繁栄したが、従来の格差が増幅され、開発の遅れた南部の農民たちの多くが土地を捨てて北部大都市の工場労働者となった。知識人にとっても「商品化された社会」は大きな問題で、国家の介入する資本主義体制のなかでの自分たちの位置づけが模索された。エドアルド・サングイネーティやアルフレード・ジュリアーニなどの若い世代の作家や詩人たちは新しい言語を求め、既成のイデオロギーを拒否する前衛的な《六三年グループ》を結成していた。

みずから語るように、このころのマライーニは時代の動きにはほとんど関心がなく、漠然と女であることに絶望していた。ジュリアーニの勧めで六六年に出版される最初の詩集『屋外での残酷さ』に見られるように、言語の深い井戸から過去と現在の自分をすくいだそうとしていた。だがその間に、六四年、初めてフェミニズムに出会う。ローマの日刊紙「パエーゼ・セーラ」の仕事で、その年に結成されたアメリカの黒人解放組織「ブラックパンサー」の女性党員キャサリーン・クリーヴァーをインタヴューしたのである。クリーヴァーの、黒人のみならず女性の権利擁護の強力な主張に衝撃をうけ、他の女性たちを知り、女性たちと連帯する必要を痛感した。これがひとつの転機となった。

一九六八年の世界的な若者たちの異議申し立てに呼応して、イタリアでも遅ればせながらフェミニズムの大きな波が起こった。イタリアはファシズム打倒に貢献した左翼政党が連立政権に参加して労働者擁護策がかなり推進され、それは労働者としての女性たちにも及んでいたが、本質的な女性の権利はなおざりにされていた。若者たちは既成政党の枠をこえたところで、新たな女性の権利を求めた。

「子宮はわたしのもの」、「わたしたちは美しい」などのプラカードをかかげて、女性たちはまずは自分たちの肉体の解放を求めて街頭に出た。イタリアのフェミニズムは「男の圧力で消し去られてとらえがたくなってしまった女の像をよみがえらせる」という、文化的側面の発想が根強い。雑誌の創刊、女性だけの劇場の創設、詩の朗読会などで女性たちは自己の解放と表現の輪をひろげていった。そして一九七〇年には、与党キリスト教民主党の反対で長らく議会での審議が難航していた離婚法がようやく成立した。しかし女性たちが強く求めていた人工妊娠中絶の合法化は七八年まで待たねばならなかった。
七〇年代はマライーニが身をもってフェミニズムを生き、「怒れる女」と呼ばれた時期である。デモの先頭に立ち、抑圧されている女性たち、社会の枠の外にある女性たち、声をあげる力のない女性たちの代弁者となって声をあげ、作品を書いた。第二詩集『わたしの女たち』(*Donne mie*, Einaudi 1974) には、呼びかける対象＝女たちがはっきりあらわれている。

怠惰で、苦しみ、怖れているあなたたちに
わかってほしい、物ではなく
ひとりの人間であろうとするならば
すぐに始めなければならない
苦しくも喜ばしいたたかいを
男たちとのたたかいではない
あなた自身とのたたかいを

(「わたしの女たち」)

この詩集の巻頭に置かれているのは、「愛の技術」と題する七〇〇行にもおよぶ長詩である。古代ローマの大詩人オウィディウスの全三巻二三三〇行の『愛の技術』の、女性を対象にした第三巻をくつがえして、新しい愛の技術を指南するものだ。

その昔オウィディウスは男たちに教えた
ローマの若者や戦士、奴隷、主人たちに
いかに女を征服すべきか、劇場で
市場で、柱廊の下で、海辺で、街頭で。
執拗に、目立たぬようにせよ、貪欲であれ
思うさま狡猾と甘言を用いよと。
「女の軽い頭を征服するのはたやすいことだ」と彼は言った……
いま、わたしはあなたのことばをくつがえす
オウィディウス・ナーソよ、洗練された敵なる詩人よ
あなたの陽気な声をまねて、わたしは言おう
もしもあなたがたのなかに、弄ばれたわたしの女たちよ
誰か、愛の技術を知らない人がいるならば
誇りの海に解き放たれたわたしのこの詩を読んでほしい……
オウィディウスは死んだ、埋葬され、彼の骨はいまや
ガラスほどにも軽くなり
彼の生命の液体は土に吸いつくされて
昼顔やイラクサや撫《ブナ》の木の養分となった

何世紀も何世紀も過ぎた、武勇と
戦争と革命と変容のいくつもの世紀が。
だが女たちに浴びせた彼の蔑みと甘言は生きている
幾百万人もの男たちが女を同じように考えているのだから……

（「愛の技術」より）

このころの代表作が日記体の長篇小説『たたかう女』（*Donna in guerra*, Einaudi 1975）である。ローマの教師ヴァンナの夫は工員で、彼女は階級からは自由だが、男との関係では、父の娘のように、夫の腕の中にいる。生地シチーリアでの夏の休暇で、彼女を根底から揺るがすのが、極左の若者たちとの出会い以上に、《悲惨な》といわれる南部の女たちの語る現実と虚構の入り混じった、じつに豊かな物語であった。彼女は世界を見る新しい目をえて、望まない子どもから解放され、夫を捨てて、ひとりで生きることを選ぶ。

七〇年代はまた彼女の精力的な演劇活動の時期でもある。六七篇の戯曲のうち上演されていないのは三篇だけである。ローマのチェントチェッレという地区のガレージや路上での、住民を巻き込んだ上演をへて、七三年に、バリケード劇場と銘打つ女性だけの演劇集団『マッダレーナ』を結成した。俳優は別として、演出や照明や裏方もすべて女性で、演劇学校も併設した。ここから、はっきりと、既成の価値観に《楯突く》作品を発信した。そのひとつの『ある娼婦との対話』では、男性のヌードを舞台に登場させて、官憲やカトリック側からはげしく攻撃された。舞台の俳優や女優が観客にストレートに問いかける。「あなたは娼婦とは何か知っていますか？」「あなたはそこへ行ったことはありますか？」、「あなたの考えでは娼婦とは何か特別な行為をするのですか?」、「あなたの好みは? 胸ですか? 腿ですか?」

また、このころから神話や歴史上の女性たちの読み直しも多く手掛けた。そのひとつが、『メアリー・ステュアート』(一九八〇年)である。これは彼女の戯曲のなかでもっとも上演回数が多く、二二か国語に翻訳され、四八人の演出家が手掛けている。日本でも一九九〇年と二〇〇五年に宮本亜門氏の演出で上演され、近年も各地のアマチュア劇団などが取り上げている。「シラーの戯曲の自由な翻案」と副題にあるように、ロマン主義文学の一大傑作の読み直しである。二人の女王が宗教と王位継承権をめぐって対立し、ついにエリザベスが嫉妬から《宿命の女》メアリーを処刑させるという歴史解釈をくつがえし、二人の女王が出会うことによって理解しあい、男たちと男たちの誇る権力を笑いとばす舞台にしあげた。彼女たちが多くの場面で舞台に登場せず、主役になっていないのを、侍女たちも男たちも二人の女優に演じさせて、常に舞台に二人を登場させた。

アンナ、エンリーカ、ヴァンニーナと、継続的に女性の成長物語を書いてきた作者は八一年の『別れてきた恋人への手紙』(*Lettere a Marina*, Bompiani) でひとつの終結を示す。これは女と女の愛の物語で、男と女の愛のすべての葛藤と経過をもつ。七八年の詩「母と娘」で詩人は書いていた。

あなたはわたしを悪い母と言う
そういうあなたは激しい娘
そしてわたしを誘惑しようとする……

わたしはやさしさが欲しいのに
あなたは巧みな愛撫を求める
わたしは友情が欲しいのに
あなたはわたしの喉を締め
わたしの息を止めようとする
あなたの言う《ほんとうの愛》で
そしていまわたしたちは
憎しみをこめて見つめあっている

女たちの連帯のなかで、恋人マリーナはビアンカが、愛してはならない者、すなわち生まれなかった息子、別れた夫、海辺で出会った少年を愛することを責める。男を愛して女を裏切ったと責めるのだ。その愛から逃れて海辺でひとり絶対的な孤独のなかにあった彼女に扉をひらいてくれたのは、またもや、土地の、話し上手な女であった。この女にバロック期の短篇集『ペンタメローネ（五日物語）』の作者バジーレの名前を与えているところに巧みなたくらみがある。男たちが語りついできたエロスの神話を女たちが自分の声で語る物語にするのだ、女をも男をも神話の呪縛から解放するために。

ルネサンス期。それまで、詩的霊感を与える女性、もしくはおびただしい「女性論」の批判や崇拝の対象として語られるだけだった女性たち自身がペンをとって、きらめく詩の星座をかたちづくった。一七世紀初頭には、モデラータ・フォンテとルクレツィア・マリネッラという二人のヴェネツィア女性が颯爽と「女性論」を刊行した。しかし書き手がことごとく男性である文学史は、これらの「書く女性」の多くを無視してきた。大評論家ベネデット・クローチェが女性たちを「発掘」して、文学史のなかに位置づけたが、彼は女性の情熱や感性、率直さなどを讃えつつも、「多くの女性作家は内容はいいが形式を欠く。ゆえに詩ではない、文学ではない、芸術ではない」と評した。しかしいま、女性自身による宝庫の「発掘」によって、彼の評価はくつがえされ、文学史に新たな光が当てられるようになっている。マライーニが実作でその先駆けとなってきたことを私は高く評価する。そしてもうひとつの転機が訪れる。

それは一九九〇年の『シチーリアの雅歌』である。一八世紀前半に生きた先祖にあたる聾唖の少女をモデルにした長篇小説で、主人公のマリアンナはかつて自分を凌辱した伯父と一三歳で結婚させられる。彼女は誰も足を踏み入れたことのなかった家の書庫の扉をあけて知識を吸収することによって、知性と感性、セクシュアリティを育み、かつては牢獄だった聾唖という世界をかぎりなく豊かなものにしてゆく。そして五人の子どもを育てたのち、四五歳ではじめて愛を知り、強いきずなで結ばれた女中と家を出てゆく。

初期の、世界から拒否されつつ世界を拒否するような垂直的な文体は波打つリズムをもつようになり、ことばたちが、あたかも個々の女性であるかのように、他のことばたちとどうつながったらよいのかと戯れ、ひびきあう世界をつくりだすようになった。

この作品が転機であるのは、それまでの彼女の政治的告発や主張を敬遠していた女性たちからも大きな読者層を得たことだ。イタリアの代表的な文学賞「カンピエッロ賞」を獲得した。来日したとき彼女はこの作品を携えてきて、ローマの飛行場の若い女性店員に「感激しました。

これから別の作品も読みます」と言われて、とてもうれしかったと話した。
またこのときの講演会で、彼女は「自分の文学は《女性形の文学》だ」と語った。女性によ
る、女性のための文学ではない、女性の視点による文学だと説明した。世界には人の自由を奪
って閉じ込める牢獄が存在している。それは目には見えないこともある。その牢獄の存在をみ
きわめ、そこからの解放を目ざすよう、女性たちに呼びかけるのである。
最新作は絶対的清貧を貫いて教皇庁に抵抗したアッシージの聖女を描いた『アッシージのキアーラ』（*Chiara di Assisi*, Rizzoli 2013）である。「怒れる女」は健在である。

彼女の邦訳作品を記しておく。
『不安の季節』一九七〇年、青木日出夫訳、角川書店
『バカンス』一九七一年、大久保昭男訳、角川書店
『メアリー・ステュアート』一九九〇年、望月紀子訳、劇書房
『シチーリアの雅歌』一九九三年、望月紀子訳、晶文社
『帰郷　シチーリアへ』一九九五年、同右
『イゾリーナ——切り刻まれた少女』一九九七年、同右
『声』一九九六年、大久保昭男訳、中央公論社
『別れてきた恋人への手紙』一九九八年、望月紀子訳、晶文社
『おなかの中の密航者』一九九九年、草皆伸子訳、立風書房
『思い出はそれだけで愛おしい』二〇〇一年、中山悦子訳、中央公論新社

おわりに

私がはじめてマライーニの作品を読んだのは、一九八二年秋に来日した彼女との対談にそなえてだった。そのとき雑誌「海」に掲載された小論で、私は「この異色の女性作家」という書き方をしている。私がフェミニズムに疎遠で、彼女が語った《女性形の文学》という文学観を新鮮に感じたからである。それは、それまで読んでいた、彼女の一世代前の女性作家たちにはない視点だった。

目の前の女性が日本の強制収容所をどう生きのびたのか、それについて、私は簡単には訊けないと感じていた。そのことを書く予定はあるかとだけ訊ねた。彼女は、「いまの時点で書くと、遠い国で起こった出来事というエキゾチシズムになりかねない。日本のことはむろん書きたい。だから自伝のかたちになるだろう」と答えた。一一年後に自伝小説『帰郷　シチーリアへ』が出た。だが日本での体験に触れてはいるものの、彼女のまなざしはその先の、自分の血にも流れているシチーリアを再発見し、語ることにあった。

今回、マライーニ家の人びとの著書に触発されて、私は彼女の《もうひとつの物語》を追ってきた。最初に述べたように、日本での体験が彼女の文学のひとつの大きな核になっているはずだと考えたからである。「牢獄からの解放」という一貫したテーマは、まちがいなく収容所の体験に発している。牢獄を知らずして「牢獄からの解放」というテーマはありえないからだ。そしてそれはフェミニズムを知る以前からのテーマなのである。

幼くして牢獄を知ってしまった者の目で彼女は世界をとらえる。牢獄は、まずは『ヴァカンス』のアンナの寄宿舎として提示された。アンナは空っぽの心をかかえて世界に放り出された。だが、その後の——フェミニズムを知ってからの——主人公たちは、語りあえる、多くは女性の他者とともに、世界との新たな関係性を見つけてゆく。

ところが私はいま、《もうひとつの物語》に追いつけなかったのではないかという思いにつかれている。もとより、七歳から九歳まで収容所にいた少女がどんなに空腹だったか、どんなに怖かったかは、本人にしか書けないことだ。しかもそれは彼女が実際に書いてきた以上の体験だったろうと思われる。みずから、その体験は自分にとっていまなお《暗い領域》であり、書こうとすると《空っぽの顔》があらわれてしまうと言うのだから。

また、昨年五月の来日のさい、「収容所でのことは妹に書くことを託した」と『神戸への船』で述べていることに触れると、彼女が妹に託したのではなく、妹のほうから自分がそのことを書くと言ってきたのだと明かした。そして自分の物語は自分が書く、死ぬまでに書く、ずっと話さないできたことがいろいろあるからと強い口調で言った。あなたが言わずにいること、書かずにいることがあるのに、私があなたの評伝を書く意味はあるだろうかと問う私に彼女は、あなたはあなたで書いてほしいと答えた。

ゆえに、《もうひとつの物語》はいまだ語られていないこと、作家本人が書くと言って、まだ書いていない《物語》があることを確認しておかなくてはならない。そして読者には、私が追ってきた《もうひとつの物語》は、あくまでも、彼女の多くの作品にちりばめられたその断片とマライーニ家の人たちの著書の記述から構築したもうひとつの《もうひとつの物語》であることを理解していただきたい。

今後もマライーニが、牢獄の孤独から世界の豊かさを自分のものにしてゆくことのすばらしさを語り、あたためているらしい「愛の物語」と彼女自身の手になる《もうひとつの物語》が書かれることを期待して、私はひとまず筆をおくことにしよう。

最後に、未來社を紹介してくださったみやこうせい氏、そして、「進捗伺い」という古風なことばで筆者を促し、濃やかなチェックをしてくださった編集部の天野みかさんに心からお礼を申し上げます。

そしてさらに、こちらの勝手なお願いに、「イタリア人らしからぬ」と天野さんを感激させた迅速さで写真データを送ってくれたマライーニと、写真を保管している写真家に感謝感激。写真家はセラフィーノ・アマート氏（訳すと、愛されるセラフィーノ）で、収容所の意地悪な《天使ちゃん》ではない、最高位の大天使セラフィムである。

二〇一五年二月

望月紀子

望月紀子（もちづきのりこ）
東京外国語大学フランス科卒業。イタリア文学。
主な著書：『世界の歴史と文化　イタリア』（共著、新潮社）、『こうすれば話せるイタリア語』（朝日出版社）。
主な訳書：オリアーナ・ファラーチ『ひとりの男』（講談社）、ダーチャ・マライーニ『メアリー・スチュアート』（劇書房）、『シチーリアの雅歌』『帰郷　シチーリアへ』『イゾリーナ――切り刻まれた少女』『別れてきた恋人への手紙』（以上、晶文社）、ナタリーア・ギンツブルグ『わたしたちのすべての昨日』（未知谷）、『澁澤龍彦文学館　ルネサンスの箱』（共訳、筑摩書房）ほか。

ダーチャと日本の強制収容所

二〇一五年三月一〇日　初版第一刷発行

定価――本体二二〇〇円＋税

著者――望月紀子

発行者――西谷能英

発行所――株式会社　未來社
〒一一二―〇〇〇二　東京都文京区小石川三―七―二
電話〇三―三八一四―五五二一（代）
振替〇〇一七〇―三―八七三八五
http://www.miraisha.co.jp/
Email: info@miraisha.co.jp

印刷・製本――萩原印刷

ISBN978-4-624-60118-8 C0095

海女の島　舳倉島［新版］
フォスコ・マライーニ 著／牧野文子 訳

日本の文化に深い関心を寄せたイタリアの民族学者マライーニは50年代に記録映画撮影のため日本各地を訪れた。その眼に映る「詩的」な舳倉島の人々の生活。岡田温司解説／口絵写真32点収録。

一八〇〇円

キンダートランスポートの少女
ヴェラ・ギッシング 著／木畑和子 訳

ナチスの苛酷な迫害にさらされたユダヤ人の子供たちを疎開させるキンダートランスポート（子供の輸送）という救援活動によって、チェコからイギリスに渡ったユダヤ人少女ヴェラの半生記。

二五〇〇円

ハーレムの少女ファティマ
ファティマ・メルニーシー 著／ラトクリフ川政祥子 訳

〔モロッコの古都フェズに生まれて〕社会学者で作家、フェミニストとしても活躍する著者の少女時代。〝アラブ中世都市〟の封建的大家族の中で成長する姿を活写する。

二四〇〇円

イヴの隠れた顔
ナワル・エル・サーダウィ 著／村上真弓 訳

〔アラブ世界の女たち〕アラブ世界に今なおとり行われる割礼などの野蛮な風習から、女性に対する政治・経済・文化的抑圧を抉り出し、女性の解放と自由を問う苛烈なる論考。

三八〇〇円

放送記者、ドイツに生きる
永井潤子 著

長きにわたりジャーナリストとして活躍してきた著者の眼にうつる現代社会をリポート。ドイツにおける脱原発のプロセスや再生可能エネルギーの発展状況、エネルギー転換の現状も伝える。

二二〇〇円

〔消費税別〕